竹大和
Take Yamato

轍
WADACHI

未知谷
Publisher Michitani

Overture（序曲）

この本を書くに当たって、まずお断りしておかなければならないのは、私の拙《つたな》い文章についてである。私、竹大和は、アメリカ国籍の日系人である事を認識して戴きたい。二十歳過ぎから、独学で学んだ日本語に過ぎない事を、著者のプライドとして、敢《あ》えて伝えたい。私の唯一のアシストは、妻が学生の頃から愛用している、小さな辞書だけである。もっと適切な表現方法がある筈と思いつつも、知らない語彙を引き出すのは不可能に近い。このような事情を理解され、心広く、お読み下されば幸いに思う次第である。

この世に〝奇遇〟や〝偶然〟と片付けられるような出逢いは、私達の身の回りにたくさんあると思われる。しかし、繙《ひもと》いた結果、それが決して偶然ではなかったと気付いた時、それを〝運命の出逢い〟と悟るだろう。私と夢二の遭遇《であい》のように……。日本を愛し、日本文化を愛する私という一人の男の信念が、竹久夢二へと導かれた。初めは、偶然と思った遭遇《であい》だが、全て〝運命〟と言う名の〝舞台監督〟による演出であったと気付いた。この地球《ほし》に、無限なる愛を伝えるための遭遇《であい》であったと、信じて止まない。

人は皆それぞれに歩む人生路を異とするだろうが、他人の経験や教訓は、貴重な参考とすべきではなかろうか。テレビ・ドラマや映画にみるフィクション・ストーリーからは、決して得られない記録《データ》がそこにある。ここに述べさせて戴くのは、今日《こんにち》まで、我が人生路に熱く描き残して来た「轍《わだち》」を辿る回想録である。顧《かえり》みれば、人と人との出逢いとは、必ず何らかの意味合いをもった縁結びである気がしてならない。無論、人生録のすべてを書き記すには限界があり、ミレニアムイヤー二〇〇〇年までとさせて戴いた次第である。私の歩む先々で素晴しい出逢いの数々を飾って下さる多くの知人や友人がいらっしゃり、あるいは別れがある。自伝故に、一部の方々には実名で登場頂く事へのお許しを願うと共に、敬愛を持って、全ての人々に感謝の意を表したい。

第六感とは先祖《ほとけ》様の導《みちび》きである。これが現在の私の実感である。

轍

目次

「あけくれ」ジャケット写真　著者

轍

竹久不二彦氏と著者　不二彦氏宅にて

I　夢との遭遇《であい》

抜けるような紺碧の空が、新宿の街に立ち並ぶビルの隙間から覗いている。脊髄を患い癖になってしまった猫背を丸めて、僕は足早に歩いていた。桜には少しばかり早い日のことで、そんなに寒いはずもなかったが、いつになく緊張ぎみに、胸の動悸をまるでイヤホンを通して聞いているかの如く、冷たく感じる路面を鼓動に合わせ歩いた。〝二十五歳の新進気鋭〟と言いたい所だが、実際はまだ駆け出しのレコード制作ディレクターで、自分の〝それから〟を決定させる事になったある人に逢うために、京王プラザホテルに向かっていた。

その頃の僕は迷いの中で、与えられる制作業に淡々と打ち込んでいた。世に言う所の売れ筋レコード制作に携わり、日々のレコーディングに情熱を傾けた。自信というものは、時には人を孤独にしてしまう。つまり、自信を背景に、メジャー社名《かんばん》の肩書を持たず、independent（独立）者である事に誇りを持ち、自我の世界を目指していた。それだけに、失敗すれば支えになる物は何も無く、それで全てが終わりになるかも知れない。そんな tightrope（綱渡り）が自分を強く、そして、更に自信を育てる原動力になるので、independent大好きな一匹狼なのである。しかし、日替わりメニューの如く制作毎に入れ変わるアーティストを前にして、何かが物足りなく、その何か……に悩み始めていた。筋を通す特定の何かを捕まえたいのだが、その何かが何であるのか……漠然とだが、それとなく解りかけているような、いないような。夢の中で、逢いたい人に逢えそうなsituation（情勢）で、近づいて行こうとすると、近づくのと同じスピードで遠ざかってしまう……そんな状況の中、その〝何か〟が、Someone（誰か）へとリンクして行った。

僕はその人、竹久不二彦氏に遭遇《であい》、一人の音楽ディレクターからプロデューサーへと大きく飛躍するのを、まだこの時点では知る由もなかった。竹久不二彦氏、あの抒情詩人画家・竹久夢二の次男、既に著名な画家として活躍中の初老の紳士。「難しい人だよ」、そう聞かされていただけに気持ちの昂《たかぶ》りも一入《ひとしお》であった。しかし、僕は常に若い頃から、難しい人だと聞かされれば、その〝何故？〟を探る事が得意である。考えて見れば、著名な画家の次男として生まれ、夢二亡き後は何かに付け、著作権に係わる問い合わせのみならず、メディア全体と関わらざるをえない面倒に追われるであろう。それを、よほど好きでもない限り、鬱陶《うっとう》しく思わないはずはない。いっそ何を聞かれても、〝無いない尽くし〟で通したくなるに違いない。相手の立場になって考えて見れば、必ずそこに答えはある。相手を理解すれば、向こうもそれに気が付く。それだけで、マイナスではなく、一歩あゆみ寄ったプラス思考での話し合いが可能になる。

この人の前で、僕は一体何を話したのだろう。その時はさほど夢二については知識もなく、勿論、ご遺族に逢うのに無知を曝《さら》け出すような失礼をするつもりもないが、所詮僕の知る夢二は、書店に並ぶ本から得ただけの知識に過ぎない。そして、それらの知識は、書く人によって色付けされた、それぞれ独自の夢二像である。この発言は、夢二に関する本を出版された多くの著者によってお叱りを受けるかも知れないが、決して悪い意味で言っているのではないと、お断りしておきたい。何故ならば、諸著者は長年に渡る夢二研究者であり、誰よりも夢二を愛する方達であるから。今こうしてペンを走らせていると、その後、親しくさせて戴いた不二彦氏から聞かされた様々な夢二エピソードや、長年僕だけの〝想い出図書館〟に仕舞っておいたメモリーが、走馬灯の如く脳裏を回り始めている。その中で、ふっと不二彦氏が口にした言葉に、「夢二の名前は世の中で一人歩きしている。それを止める事は出来ないし、どう取り上げられようと、止める気もしない。十人書けば、十の夢二像があってもいいのではないか」と話してくれたのを思い出し、〝色付けされた夢二像〟と発言させて戴いた次第である。

如何《いか》に読書家ぶろうと、不二彦氏のように、人間夢二、そして父親としての夢二、つまり、生身の夢二を知る人の前では、僕は夢二についてのABCすら知らない生意気な若者と映るに違いない。しかしその人は、僕の中で空回りをしているように映ったかも知れない情熱、僕の陳腐《ちんぷ》な概念《がいねん》を、暖かい情で理解してくれた。僕が今、〝夢二〟をテーマにライフ・ワークとしての仕事が出来るのは、この人、竹久不二彦氏のお蔭なのである。

II　残照

日系アメリカ人という肩書きを背負い日本でくらすようになって、かれこれ三二年が過ぎた。写真はセピア色に変わるけれど、心に残る思い出は、いつまでも記憶が確かな内は、まるでDisney Fantasy（ディズニー・ファンタジー）のように鮮明に浮かぶものである。思い出には、時代を飾る色がある。それでも、時が経てば、あやふやな思い込みで、瞼の奥に消え行く思い出色もあるだろう。ミレニアム・イヤー二〇〇〇年を迎えるにあたり、プロデューサー／シンガー・ソングライター：竹大和の思い出色は、何色《なんしょく》あるのか辿って見ることにしよう。

イン・ザ・ビギニング

アメリカ合衆国カリフォルニア州サンヂエゴ生まれで、日系二世の母グレース（日本名・花子）は、岡山県岩田村出身の父、信畑剛（ノブハタツヨシ）の仕事の関係で、当時の満州国奉《ホウ》天《テン》市（現、藩陽《シンヨウ》）へと、長男毅《タケシ》と次男整《ヒトシ》とを連れて渡った。そこで僕は三男として、昭和二一（一九四六）年二月二十二日に、信畑家の三男として出生したが、不幸にも生後わずか三ヵ月という短い期間に、敗戦がらみで父を失くした。父の顔や温もりは、勿論知らずに育つ。多くはないまでも、父親について母が初めて語り始めたのは、僕が中学生になった頃だった。聞けば聞くほどに、不思議な人生を歩んだ父親像がそこにある。若干十四歳と言う若さで、その父親と兄と共に渡米した父は、努力の末、USC（南カリフォルニア大学）を卒業している。その後、彼は白人系アメリカ人と共にハリウッドで法律事務所を築いた。

当時も今も、ロスアンゼルスにおいて、日本人街（現、リトル・東京）は、日本人達の憩いの場である。しかし、この街で父剛を語る者はほとんど存在しない。

第二次世界大戦勃発を前にして、母方の祖父母は長女の花子と次女文子を連れて、日本への帰国を決意する。男子たるもの、成功を収めた土地を捨て去るには、よほどの勇気がいったものと考えられる。が、同じくして母一家が去った事実を知った父剛もまた全てを投げ打って、花子を追って日本へと旅立った。まだうら若き母とは十年ほども歳の差があるだけに、母に対する父の恋心は、母としては皆目見当もつかないものであったらしい。それ故に、父のことなど眼中になく記憶にすらなかったであろう母が、無言でロスの街を後にしたのも頷ける。

その無鉄砲とも取れる父剛の男気に惚れたのか、祖父は娘の気持ちを確かめるでもなく、一方的に結婚を決めてしまった。肉親達と行き別れの覚悟が必要なほど米国入りが困難な時代に、太平洋を横断して意を果たした自らと、父の行動とを重ね併せていたのかも知れない。

結婚後日米関係が悪化し、第二次世界大戦へと突入していくさなか、父は大阪大丸デパートで衣装部長を勤めた後、妻と長男毅《タケシ》を伴い、何故か中国大陸上海《シャンハイ》へ渡った。上海ではアメリカ人と共に、貿易会社と新聞社を立ち上げて共同経営したと聞く。だが、ここでも全てを投げ捨て、僕の出生地となった更なる大陸奥地、満州国奉天市へと謎の移転を図る。

母国語の日本語に加えて、英語と中国語が堪能なゆえに、民間人であるにも拘《かかわ》らず、当時の日本帝国軍により捕虜として捕えられたＰＯＷ（Prisoner Of War）達の通訳として駆り出される事が多かったようだ。父は捕虜達との間にすこぶる良好な人間関係と交流を築き、そんな父との時間帯は、捕虜達にとって唯一の楽しみらしいと、父は母に語っている。

それを裏付ける文書が、半世紀以上経つ今日、元ＰＯＷだった米兵 Jack West McDowell 氏の回想録に記載されているのが発見された。その一部を紹介すると『ＰＯＷとして過ごした Mukden（奉天）キャンプでは、Richard Nobuhata 通称 Dick と巡り会い、彼は強制的に日本軍の通訳を命じられていたが、流暢な英語で我々捕虜達を励まし和ませてくれた。Dick Nobuhata ほど愛国心に燃え、我々に仕えてくれた人物は居ない。彼の存在と功績をどうしても後世に伝えるべきとの使命が、私にはあると思っている。』MacDowell 氏の言うところの、父の〝愛国心〟とは、何を意味するものなのか……？　単なる私の個人的戯言でもあろうが、父の取った数々の不可思議な行動から見て、僕の脳裏をフッと掠めたのは、時代背景にはWalt Disney（正式には：Walt Elias Disney）ウォルト・ディズニーのように、いわゆる米国における共産主義者撲滅運動、つまり世に言う『赤狩り』を、ＦＢＩ（連邦捜査局）の情報員として特別任務を強制された著名人や一般市民が大勢いた事実だった。民間人であったはずの父だが、背広姿で出迎えの軍用車に乗り込むその様子は、周りの中国人住民の目には日本軍の重要人物とみなされ、密告されたのかも知れない。

昭和二一年初夏のある日、父は奉天において終戦間際に参戦を決め進入したソ連軍に拉致されたまま消息を絶ってしまった。

夕餉のさなか、ソ連兵が厨《くりや》に乱入するやいなや、銃床（ストック）を振り下ろし、殴られた父は気を失った。ソ連兵に引き摺られる父に必死でしがみ付く母……その母までもが同じくストックで気絶させられた光景を、まざまざと目の当たりにした、当時七歳と五歳の兄二人の瞳の奥には、いつまでも灰色の残照が焼き着いていることだろう。

三日三晩、面会を求める母に対し、ソ連兵が吐き捨てた言葉は一言『死んだ』だったと言う。こうした悲惨な悲しみは、ロシア人にとっても日本人にとっても、総じては時の政治権力者達が引き起こした、戦争Monopoly Game（モノポリーゲーム）的野望の犠牲者であって、僕にロシア国民への憎しみなど、あろう筈もない。生後三ヵ月にして父を亡くした僕には、父への想い出色はない。強いて言えば透明な〝光〟色である。父への念いを光で表すのは、僕にとって最大の敬意の徴としたい。この世に命をくれたのだから。

あなたの周りに歌　花舞う愛の日や
溢れる夢咲かせるため　この出逢いがある
名も知らない仲間《どうし》の　心がつながるよう
この歌　この愛　この出逢いがある
　愛は形もとめるよりも　心でわかち合えれば
　回る地球の光は灯《とも》り　世界を照らせる　そうさ
　何より強く希望に満ちた　無限にわきでる力
　それは人類《みんな》の愛の温もり　地球の未来だ
輝く光の中　この星に降り注ぐ
総ての生命《いのち》まもるため　この出逢いがある
宇宙の庭の中で　一番美しい
〝地球〟と言う花咲かせ　光赫《かがや》こう
「ありがとう」と「愛」の字は　どの国の言葉でも
すばらしい響のメロディー　平和のハーモニー
ありがとう　Thank you, Danke schön,

Merci beaucoup, Gracias, 謝謝
Amour, Amore, I love you, Te lubesc,
愛をありがとう

ありがとう　愛してる　ありがとう愛してる
ありがとう　愛しています　愛をありがとう
ありがとう愛してる　ありがとう愛してる
ありがとう　愛しています　愛をありがとう

（竹大和／詞・曲『光』より）

中国残留孤児の報道をテレビ等、メディアを通じて耳にするようになったのは、まだ私たちの記憶にも新しいものである。

第二次世界大戦終戦後に一家は離散。母は僕達子供三人を連れて、屢立《しばた》つ銃声と闇を逃れ、祖父の故郷である和歌山県串本町へと、取り敢えず引き揚げた。母の強い愛情と勇気がなければ、もちろん明日の我が身も判らない中で、深く愛するが故に、やむなく子供を中国人に託した方達も少なくないだろう。そして僕も、兄達と共に串本の地を踏むことはなかったかも知れない。歩ける兄二人はともかく、生後三ヵ月の僕はもしかしたら残留孤児のDistiny（運命）をたどっていても不思議ではなかった。

際立って体格の良い叔父正美が母を訪ねて奉天にいた事が不幸中の幸いとなった。

幾許もなく、日系アメリカ人である母にとって、それからの生活を考えると、アメリカへの帰国しか道がなかった。兄たちや幼い僕を残して一人アメリカに帰る辛さは、何よりも悲しい決断であったろう。生死不明のまま夫と別れた母、未来のために一人渡米した強い母が、そこに見え隠れする。灰色の時代を、母は小さな身体ひとつでキャンバスの素地色に戻し、新たに純白からの人生を歩み始めた。

多少アメリカでの生活も落ち着いた頃、母は兄二人をひとりずつ、一年毎に呼び寄せた。僕は兄達とは歳も離れ、幼すぎるのを理由に（と言うのも一人旅を強いられるからである）、九歳までを串本で過ごした。

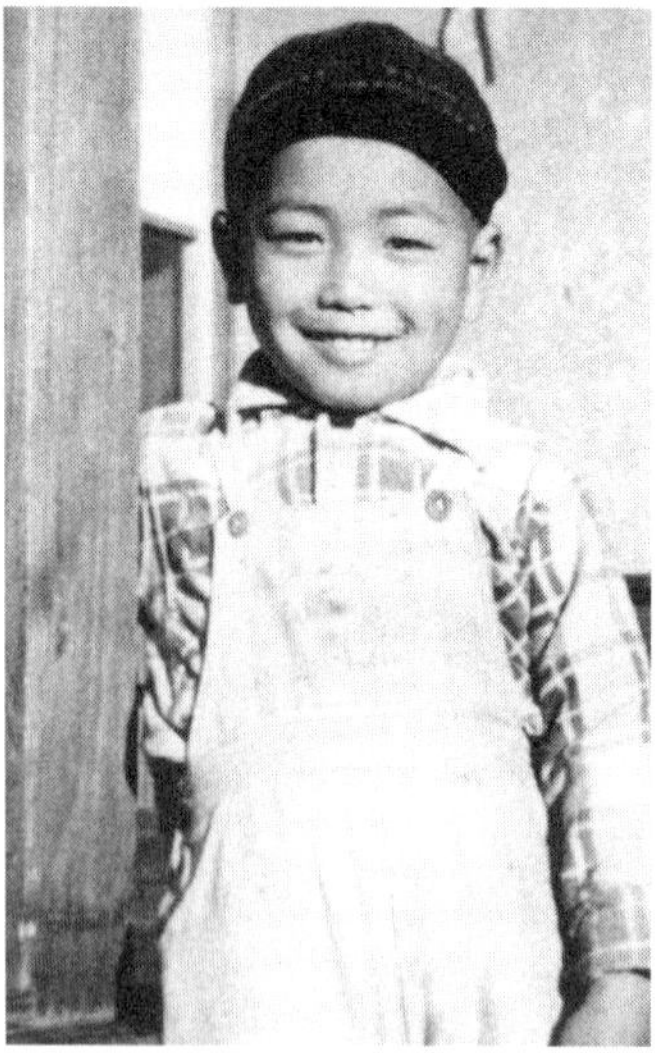

上、２歳頃　著者　下、串本にて４歳頃

七つの子

祖父中地文吉《なかじぶんきち》亡き後は、祖母コスエそして、祖母と共に同居していた〝田辺のママ〟（僕はこの人をそう呼んでいた）田中房技《ふさえ》に育てられるのである。この時代に、〝ママ〟と言う呼び名はかなりのハイカラ風ではあるが、それもそのはず、それは当たり前のことであった。母が日系二世ということは、祖父母が移民、アメリカ生活の経験者である。このことは、後に述べるとしよう。

学校教科書で、〝お父さん〟〝お母さん〟の文字に触れる度、いつも不思議に思った自分がいた。子供心への気配りからか、母の存在を聞かされず育てられた僕にとって、〝お父さん〟〝お母さん〟の vocabulary（語彙）は無縁であった。日常生活から学ぶ事の多い幼児期だからこそ、自分の身の回りに存在しない〝親〟という言葉の意味は、どうしても分からなかった。身近にいた叔父や叔母と呼べる人達に近い関係かな……その程度の認識だった。だが、何となく桃の花の響きを持つ呼び名に聞こえた。

祖母を初め、周りの人達の愛情に守られ、melancholic（メランコリック）的〝親無し子〟を意識する暇もなく育てられた僕は、今はただ、その思いやりに感謝するのみである。兄達の渡米後の寂しさも、母の良き友達であった小久保三枝さん一家によって癒された。祖母、田辺のママそして、小久保の小母ちゃん等、僕には母親代わりのように可愛がってくれた人達が大勢いた。小久保家には兄達とほぼ同年の息子三人、晋吾さん、昌彦さん、就平さんがいた。兄達に代わって、良く僕の遊び相手をしてくれたことを思い出す。年の離れた子供をあやすのは大変であったろうが、実に良く遊んでくれた。従って、僕にとっては、兄弟が五人いるようなものである。同級生も、親から聞かされてでもいたのか、僕の前で親に触れる話題を口にした友はいなかった。小さな町の小さな思いやりは、小さな僕を伸び伸び育ててくれていた。今思うと涙が出るほど有り難く、〝思いやり〟とは故郷の色そのものであるような気がする。

小学校三年の途中まで過ごした串本を去ることになったのは、九歳の冬だった。必ずしもおとなしい子ではなかった僕は（と、回りは言うが、本人は些《いささ》か異議あり）、渡米を前にして、左手首を骨折する羽目になった。たかが鬼ごっこをしてのaccident（事故）ではあるが、今考えると、たかが子供の鬼ごっこでは済まされない末の大ケガである。いつもと同様に、病院の屋根から飛び下りたのだった。時には、走行中の〝バタバタ〟と呼んでいた三輪駆動自動車の前方に飛び出し、仁王立ちのまま得意気に急停車させて遊んだりもしていた事を考えると、やはり、〝ヤンチャ〟の代名詞は当たっていたのかもしれない。

アメリカに行くのだと聞かされた僕には、アメリカとはいったいどこの国を意味するのかも分からない。今の時代とは違って、情報に乏しい頃の教育だった。ましてや小さな串本さえ出たことのない幼い僕にとって、この町以外は全て未知の世界だ。行く先に〝待つ人〟を知る由もない。ただ、胸を踊らせたのは、汽車や飛行機に乗れることと、別れた兄二人に逢えると聞かされた喜びだった。

汽車に乗る日を迎えたのは、本州最南端に位置する串本とは言え、潮騒の響《おと》も肌寒く感じる昭和三〇年の一月十五日だった。不思議と僕は幼児の頃の自分と母との別れを思い出していた。今汽車を待つこのプラット・ホームで、あの〝お母さん〟の響きに値するような人と別れた場面が、まるで映画のワン・シーンのように、小さな瞼に写し出されるのだった。田辺のママにおんぶされた幼子に、その女性《ひと》は涙ながらに手を差し伸べていた。しかし、その子はひたすら枇杷を食べるのに夢中であった。そして、次男整が泣きじゃくるのを見て、ケラケラ笑う長男毅、それを見た叔父正美が、コツンと毅の頭をこづいたこと。みんな、みんな、串本の海を染める夕焼け色の中に映る。あの女性《ひと》は誰だったのだろう？　そして、何故か、汽車がホームを離れコトコトと走り出した時、唯一小学校の学芸会で演じた童謡〝七つの子〟の中の、親を慕う一羽のカラス役だった自分の姿が、あの女性《ひと》と crossover（交差）した。もう見られなくなるかも知れない故郷の海に町は遠ざかっても、いつまでも追い掛けて来る記憶の一コマだった。

ニュー・ホライゾン

当時の羽田国際線より、ハワイ経由でサンフランシスコへと飛び発ったのは、東京の街にもまだ正月の名残が見られる頃だった。羽田までは叔父が見送ってくれたが、これからは一人旅だ。その時、同じフライトに乗り合わせたニューヨーク行きの日本人紳士に、叔父は多分「宜しく」とお願いしたのであろう、その人と乗り込む手筈になっていた。兄たちの渡米時は、約一ヵ月半を掛けての航海であった。僕はまだ九歳直前だったため、航空科学の最先端である旅客機だった……ラッキー！　今にして思えばで、その時は何も分かっていなかった。ふと僕は、「このままサーカスに売られて行く、可哀相な子供であればいいなァ……」等と、思っていた。愛読した「リボンの騎士」「ママのバイオリン」の影響だろう。

飛び発つと、マンガでしか見た事のなかった飛行機に乗っている実感が沸いてきたのは、言葉や顔形の違う人達に囲まれ、機内の小窓に映る自分の顔をチラッと見た時だった。四五年も近く前だと、まだまだ飛行機でアメリカへ行く日本人は少なく、僕には外国人しか目に入らなかったと記憶している。そこで、またまた、空想は広がり、聞いた事もない言葉で会話する青い目の人達と、自由に話しをする自分を想像していた。不安そうに見送った叔父の心配をよそに、結構この子供は楽しんでいたのである。夕食後、隣の紳士は眠りに付いたが、キョロキョロと機内を見回す楽しさに、中々眠くはならなかった。やや眠気がして来た時、ふと、通路の向こうに椅子を倒して寝ている外人を見て、同様にリクライニングしようと試みるが、どうしても倒れない。きっと悪戦苦闘する僕に気がついたのであろう、金髪のスチュワーデス（今のフライト・アテンダント）がペラペラと話し掛け、アーム・レストの横にあるボタンを押して倒してくれた。直ぐさま、「サンキュー！」と大声で言った。この時代にあって、外国人に話し掛けられると尻込みする日本人は多いが、田舎育ちにしては好奇心旺盛な子供であった。ニコッと笑ってくれたスチュワーデスに、先程の空想がほんの一瞬現実化したように思え、この上ない満足感で眠りについた。ちなみに、隣の日本人紳士は、知ってか知らずか、椅子を立てたまま寝ていた。目が覚めたら教えてやろうと、チョッピリ得意になっていた。

羽田・サンフランシスコ間が二〇時間以上掛かる時代で、ハワイでの燃料補給に二、三時間の待ち時間があるはずだった。激しく降りしきる雨の空港は、夜の闇の中で不気味にさえ感じられた。積乱雲発生情報が出てその前に離陸する運びとなったらしく、予定より二時間以上も早くハワイを後にした。母の住むカリフォルニア州サクラメントは、サンフランシスコから車で約一時間半の位置にある。カルフォルニア州の州都で、以前レーガン元大統領が州知事を務めた町だ。フライトの到着時間を空港に確認して家を出た家族は早く着き過ぎたため、シスコの町で時間調整をした。フライト時間が頻繁に遅れがちなアメリカ航空の status quo 運行状況は、当時から有名なところである。しかるに、豪雨情報のため到着時間が二時間も早まった等と言う情報が、母たちに伝わるはずもない。シスコまで同乗してくれた紳士はそのままニューヨークへ行ってしまった。入国手続きや、手荷物以外のスーツケースをどうやって自分で無事持ち出したのかは、まったく記憶にない。多分、航空会社の配慮があったのだろう。

外国へ行くと、空気の匂いが違う事に気が付かれる人も多いと思う。味わった経験のない酸素を、ため息混じりに吸っていた。喧《かまびす》しく人の行き交う空港ロビーの椅子に登ってひたすら待つが（その時は、時間の長さを感じるまでの余裕はなかった）、不安は隠せない。何をしに来て、誰を待てばよいのかもわからないでいたのだから。足をブラブラさせながら、ポツンと一人椅子に坐る串本から来た色黒の子供を見ながら、「匡志《まさし》も丁度これくらいかしらネ」と、言って前を通る見知らぬ女性《ひと》に気が付いた。しかし、血のつながりは何にも変えがたく、その女性が他人でない事を人混みの中で瞬時に感じていた。その側で兄整が、「匡志も、あんな風に髪を伸ばしているかも……」と答えた。既に兄に気付いた僕は、やっと数十時間振りに隠しきれない不安から開放された安堵感で、言葉を無くしていた。だから、内心僕を見て分からない兄に、九歳の子供は幾らか呆れ返っていたのかも知れないが、何はともあれニコッとだけ笑った。そうする事が、自分である最大の証になる事を知っていたからである。エクボ、そう、あのエクボが僕のトレードマークだった。小さい時から、周りの大人に「音羽信子の一〇万ドルのエクボのように可愛い」と言われる度その意味も分からずして、「イイヤ、一〇〇万ドルのエクボだイ！」と、言い返していた覚えがある。

「アッ、エクボがある……ママ、これは匡志だ！」。驚いたのと同時に泣きじゃくる母、「そうか、この女性《ひと》が〝お母さん〟なのか……」心の中で悟った。しかし、〝お母さん〟、この鶏の卵から孵《かえ》った雛《ひな》のように、突然出現した女性《ひと》が、自分とどう関わりがあるのか掴み切れないでいた。クリクリ坊主頭の写真でしか僕を知らない母としては、おカッパ頭の我が子に気が付かないのも無理はなかった。二時間待ちの実態を知り、母は益々泣きじゃくり、僕を胸一杯に抱きしめた。物心付いて、初めて味わう愛情であった。「ヤンチャだと聞いていたのに、よくも長い間坐っていたわネ」と、感心しきりの母であった。僕はただ単に、空港の外に出ようにも荷物は重いし、外は寒そうだったからであったように思う。好奇心旺盛な little rascal（わんぱく小僧）が、そのままフラフラと空港ロビーを出ていたなら、中国残留孤児は逃れたものの、アメリカの浮浪児になっていたかも知れない。一難去ってまた一難。映画の〝インディー・ジョーンズ〟でもあるまいし、笑い事では済まされない活劇になっていたかも知れないのだ。

自動車に酔うというので出迎えに来なかった長兄毅に代わり、一人の男性がいた。パパだと紹介されたが、その意味が分からない。母は、父剛の戦没者通知を受けてからは、ひたすら働き続けて来た。まだ若く、十分なまでに美しい母には、再婚話が少なくなかった。その中で、子供たちを呼び寄せる自信が付いたことで、再婚に踏み切ったようだ。第二次世界大戦中、日系アメリカ人並びに在米日本人は、こぞって強制収容所に入れられた。手荷物一個の原則は、身の回り品全てを剥奪《はくだつ》されたも同然だった。終戦後解放されたものの、日本人に対するアメリカの目が厳しい中、日系人は皆互いに励まし合い助け合う事に一所懸命だった。そんな時代に、再びアメリカの地を踏んだ母に、助け合うべく男性が現れたのは、ごく自然の成り行きだった。

今日から〝ママ〟〝パパ〟と呼ぶようにと言われた二人に、どう接して良いか分からないまま、アメリカでの第一日目がスタートした。串本を離れて僅か三〇時間しか経っていない僕にとって、余りにも環境変化のテンポは早すぎた。それ故、かえって考える間もなく、淡々と過ぎ行く日々の流れに慣れていったと言えるかも知れない……

ママの姓は望月、そして僕たち兄弟は信畑の姓を名乗ったが、子供の僕には何の抵抗もなかった。目の前の親との関係を把握していないのだから、異なる苗字に何の不思議も持たないでいた。どの道、子供にとっては、〝マーチャン〟〝ヨッチャン〟なる愛称の方が本名よりは重要な時期があるものだ。僕には、それからも大して、過去や現在の家族構成について説明して貰う機会はなかった。ある程度大人になってから知ったのは、義父から法的な養子としての手続きが取られていない事情を、兄達から聞かされたくらいである。

元々親を知らずして育っただけに、僕はそうした大人の複雑な事情を他人ごとのように受け流しつつ、複雑な環境の元で、ニュー・ホライゾン（新しい地平）を彷徨いはじめたのだった。

ブルー・サニー・カリフォルニア・スカイの下を、サンフランシスコからハイウェイ80号線を北東へ走る。それにしても、抜けるような青空とはこれを指すのであろう。見渡す限りの平野を、緑豊かな日本の山とは違って、坊主山が時折顔を覗かせるだけの景色だった。道路と言っても半端ではなく、片方の車線だけで、広いところでは七車線もある。あのカリフォルニア・ゴールドラッシュが始まった、アメリカン・リバーの支流であるサクラメント・リバーの橋を渡ると、正面にState Capital Building（州議事堂）が見えて来る。

一年中緑に包まれ、春には桜の花が満開になる市民パークにもなっている。日本では「サクラメントは桜の木に関係あるの？」と、よく聞かれる。二〇〇年も前によほど吉本興業的ギャグ・センスでも持ち合わせていない限り、アメリカ議会が日本の桜に因み、シャレ心を持って地名を付けるとは思えない。答えは〝ノー！〟である。サクラメントとはスペイン語で〝秘跡〟と言う意味で。元々カリフォルニア全域はスペインの宣教師たちによって築かれた町々である。スペイン語の地名が目に付くのは、当然と言える。

到着した日から過ごした我が家は、典型的な箱型二階建ての建物で、一階の角にはバーがあり、隣にはメキシコ人が経営するマーケットがあった。その上の二階に僕たちの住まいがあった。住所は、630 1/2 Q Streetで、電話番号はGI88-492であったのを、四五年経つ今でも覚えている。その日は夕方近くになったため、母が勤める友人のレストラン「和歌ノ浦」で食事をとることとなり、再び車で一五、六分ほどの場所へと走った。こうも立て続けに乗物に乗った経験のない僕は、もう嬉しさを通り越して、疲れ切っていたのが正直なところだった。

翌朝目が覚めると、日本人の多くがそうであったように、その人パパは既に田舎の農園を転々と四季の収穫期に合わせて野菜や果物を刈り取る仕事へと出掛けた後だった。後にgardener（庭師）へと仕事を変えるまでの数年間、彼と逢うのは一ヵ月に一日程度だった。母はレストランでのaccounting（経理）担当の仕事があるため、僕にrefrigerator（冷蔵庫）の中にある食べ物を好きなようにと伝えて出掛けた。仕事とはいえ、僕を一人残して行かなくてはならない母の後ろめたさを、子供ながらに感じ取ることが出来た。兄二人もそれぞれ登校していた。シーンと静まりかえっただだっぴろい空間は、串本の家の二倍以上はあるだろう。時間を持て余して冷蔵庫を開けたものの、英語でパッケージされた見当も付かない品物ばかりで、さすがの好奇心も遠慮気味で手つかずとなった。テレビに至っては、テレビその物を知らない子供には、何の興味も抱けなかった。そこで、どうしたか……？　言うまでもなく、あの優しいママに逢うため、レストラン「和歌ノ浦」へと向かったのだ。兄達の学校を知っていれば、そちらを選んだかも知れないが。我ながらunbelievable（信じられない）な記憶力と勇気を持って……いや、ただ単に〝バカ〟がつくだけかも知れないが、とにかく歩いて行ったのだ。良く考えれば、僕は戌《いぬ》年生まれだ。鼻は良く効く。鍵を掛ける習慣は串本にはなく、そんな僕がドアのカギなど掛けるはずもなく又、持ってもいなかった。幸いドアはオート・ロックだったらしい。レストランに入ると、腰を抜かさんばかりに驚いた母を今でも思い出す。

その日とった僕の行動で、この子はどうのこうのと心配する必要がなさそうだと確信した母は、三日目にして、僕をサクラメント・リンカーン小学校四年に転入学させた。多分、その方が母にとっては安心だったのだろうと思う。学校は徒歩七、八分の所にあったので、車で一五、六分も掛かる所をたった一度のドライブで覚えてしまう僕を、母にして見れば迎えに行く必要もなく、初日から楽が出来た訳である。無謀さも、時には親孝行になるものだ。僕の登校初日が定休日だった母は、そろそろ学校から帰る時間であろうと気にしながら居たそうな。ふと、外で何やら僕らしき話し声に気付き窓から覗いた。すると、黒人とメキシコ系の子供二人を自宅前まで連れてきた僕が、身振り手振りの日本語（と言うより、串本弁）で、何やら説明をしていたらしい。少なくとも、母に、「何をしていたの？」と、聞かれたので、「遊ぼうと誘ったが、物分かりが悪く、通じそうもないので "Bye bye" と言ってやった」と、答えたのを記憶している。僕にとって彼らとの会話は、子供特有の鋭い勘で分かっていたので、同じ理解力を求めていた。黒潮に育った「七つの子」の一羽は、斯《か》くして、少しずつアメリカ大地の中へと巣立つため、小さな翼を羽ばたき始めていた。

エトランゼ（Étranger 見知らぬ人）

サクラメントで一番最初に驚いた珍事を振り返ると、それは紛れもなく、あの〝怒濤《どとう》の男〟

力道山に逢えた日である。戦後、日本中の国民を熱狂させたプロレスラーで、おそらくヒーロー第一号であろう。プロレス中継の時間帯には街から人通りが消えたとまで言わせたようだが、田舎育ちの僕には、マンガ本「おもしろブック」と「少年」を通して知るヒーローだった。

まだ串本の潮の香が、浅黒い身体に残っていそうな頃だ。「リキさんがヒトシに逢いたいとのことだから、マサシを連れて行ってくれれば」と、母が言った。一歩外に出る度、誰かを紹介される日々が続き、又どこかの小父さんに逢うのかと思った。アメリカは、年上であれ、友達であれ、親しみを込め愛称で呼び合う社会である。串本育《いなか》ちにしてみれば名字はともかく、名前は「ロバートと言ってボブと呼ぶのよ」とか、「ジェームスといってジムなのよ」等と説明されても、かえって分からなくなる。子供なりに「どっちなのョ」と言いたくなる程だった。

兄に連れられて入ったのが、日本人街にあるレストランだった。目の前に立った大男が「やあ、大きくなったなあー」と、ヒトシの頭を撫でた。僕よりも二年前に渡米した次兄整《ヒトシ》は、力道山とは一足先に対面済みだった。〝リキさん〟が、あのプロレス界で有名な力道山であったと分かった時は、もう既に『目よりも高く』の言葉通り、僕は宙に浮いていた。

「そうか、これがマサシ君か!」と抱き上げてくれた。思いがけなく写真とサインをもらい、この日のエトランゼだけは大歓迎だった。力道山は朝鮮から来た人だと、母の友人から聞かされたが、子供の僕には何のことだかわからない。

二年ほど後に、再びサクラメントで興行試合が行われ、チケットを頂いた。開催場所はサクラメント・メモリアル講堂（Sacramento Memorial Auditorium）で、その日のイベントでは、リキさんはメキシコ出身のレスラー、リキ・トーレス（登録名Rick Torres、本名Enrique Torres）とタッグを組んだ。カタカナ読みをすれば、ダブル・リキだ。子供ながらに記憶するのは、あのリキさん独特のウェアーである。当時も今もそうだが、黒のタイツを履いてリングに上がるレスラーは、力道山をおいて他にはいなかった。ところが、リキ・トーレスは全く同じ黒のタイツを履いてリングに登場した。90％を超えるアメリカ人観客の、この褐色と黄色のレスラー二人に対する反応を否応無しにも気にしたのを覚えている。二人が向かうは金髪でカナダ出身の悪役レスラーで名高い、シャープ兄弟ベン（Ben 197cm）とマイク（Mike 199cm）だった。試合はゴングの響きと共にのっけから激しい格闘が炸裂し、意外にも僕の心配をよそに、観客の声援は圧倒的にダブル・リキに対してだった。空手チョップが炸裂する度ヤイノヤイノの声援が上がり、リキさんはすこぶるご機嫌のようにも見えた。あまりの激しさに、途中で弟のマイクが右腕を骨折するというアクシデントに見舞われわずか一五分ほどでリング

リキさんのサイン入り写真　アメリカ遠征の頃

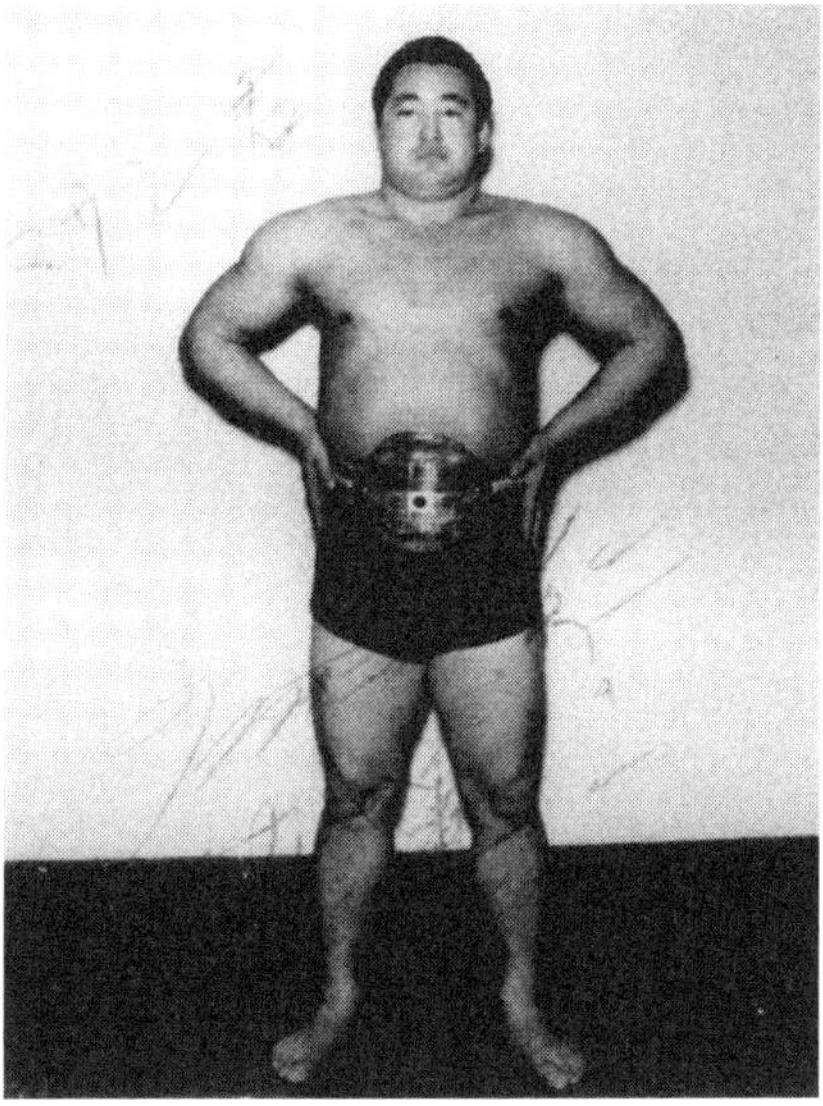

アウトのノーゲームとなってしまった。当時の為替レートは円安に対してドルは3・5倍にもなる時代だ。アメリカ遠征はリキさんにとって外貨獲得のために必要かつ大事な興行だった。その結果、昭和二八（一九五三）年に、念願だった日本プロレスを設立し、運営と若手レスラー達の育成に励んだ。

観戦後レストランに呼ばれた僕は一人で伺ったが、変わらぬ笑顔の力道山がそこにいた。それから何年後のことだろう……あの悲しい殺傷事件で、僕のヒーローが亡くなったニュースを聞いた時のショックは、今でも忘れられない。

憧れ色の中に混じる悲しみのブルーは、今も写真で微笑む力道山を見る度に、心が傷む色である。

９歳頃　著者

耳から音楽

身体検査は日本の学校もアメリカもご同様だが、違う点を挙げれば、やはり近代的なハイテクノロジーを駆使しての検査だった。日本ではニガイ茶色の液体（虫下し）を飲まされたり、目の中にクリーム状の薬を入れられ、それがいつまでも気持ち悪く、粘っこく目に付きまとったのを思い出す。検査項目は同じでも、アメリカでは検査中に投薬する事はない。耳の検査で、音が聞こえる度に手を上げる聴覚検査があった。音は段々小さくなって行き、気が付くと僕一人だけ手を上げている。そのレベルがどれ程だったか分からないが、少なくとも、リンカーン小・中学校のオーケストラを担当するMr. Haward Scott（ハワード・スコット）先生が飛んで来た。Hearing（聴覚）検査の結果を聞いたらしく、何も分からない内にオーケストラのメンバーに抜擢されていた。打楽器部門でドラム、ベース・ドラム、ティンパニー、ベル・チャイム、木琴、鉄琴、トライアングル等あらゆる楽器を一通り覚える訳である。通常は、セクション・リーダーが中学三年生の中から一人選ばれ、卒業迄の一年間を務める。演奏は「サウンド・オブ・ミュージック」や「王様と私」等のミュージカル・ナンバーが多く、その曲毎に、リーダーは七人程で結成された打楽器部門のメンバー一人一人に、各担当楽器を指示する。しかし、小学校六年の時、僕は既にリーダーを務め、中学生である上級生達に指示を与えていた。おそらく、卒業する迄の四年間もリーダーが交代しなかった事は、この学校において、最初で最後だったろう。多少のジェラシー的視線を受けただろうが、当時は気も付かなかった……中途半端が大嫌いなので、一所懸命やっている中での結果だから、「恨むなら、Mr. Scott に言ってくれ」である。特別指導として、放課後にトランペットのレッスンを受けたこともあった。こうしてミユージカル色に染まった中三までのオーケストラ経験が、後《のち》に意外な展開を我が人生に与えてくれるとは、夢にも思わなかった。

絵心

義務教育では単位取得のため一年間は美術クラスを取らなければならなかった。中学一年で初めて絵を画くこととなった。と言うのも、朝一時間目のオーケストラは、一貫して美術クラスを犠牲にしてのものだった。何の基礎も習った事のない僕にとって、クレヨンや水性ペイントの緑は緑、赤は赤で、それを混ぜる知識はないのだが、生まれつきの〝才能……？〟は恐ろしいものだ。山火事が多く発生するアメリカに因《ちな》んで、山火事防災運動ポスター・コンテストの絵を全校生徒が描く事になり、一所懸命に描いた。それが南カリフォルニア地区でグランプ

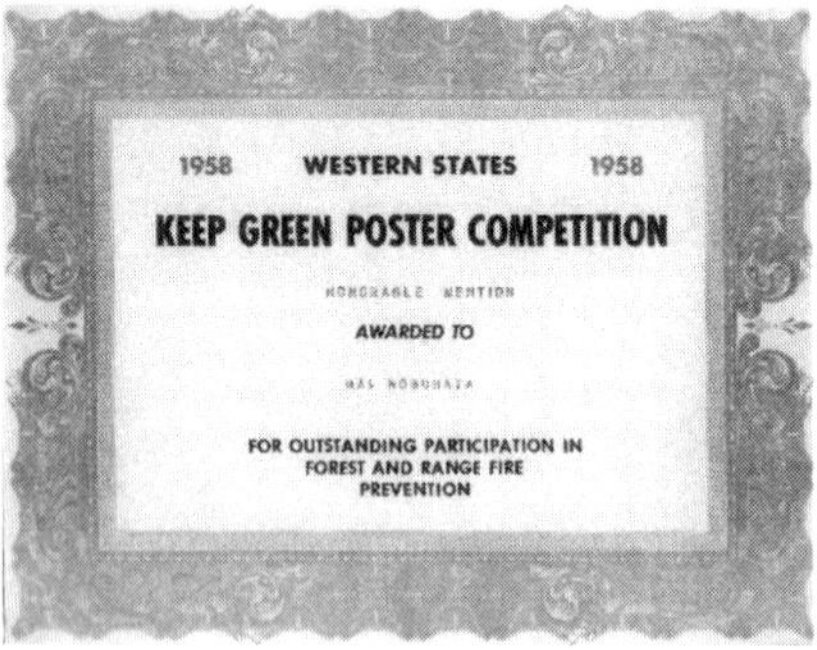

カリフォルニア森林保存協会主催　ポスターコンテスト

優等賞（アメリカン・リージョン）

リを取り、表彰されたのだ。"Look! How Dangerous Fire Is"（見よ！　いかに火が危険であるか）の、キャッチ・フレーズで描いた絵は、ややディズニーのバンビが、火中を逃げ惑うシーンを意識したものだった。正直でしょう？　Walt Disney に憧れ、取り分けディズニー映画「シンデレラ姫」の中で、シンデレラが床拭き掃除をさせられるシーンが最も印象深く、今でもこの色彩感覚には魅せられるものがある。シンデレラが歌いながら雑巾掛けをすると、回りにシャボン玉がフワリフワリと浮かぶ。そのシャボン玉に映る、健気なシンデレラの色合いに感動したのだった。けっこう憫察《びんさつ》してやまぬ少女《おとめ》チックな心が抜けきれないでいる。表彰状と、チョット軽めの価値観を感じる勲章が、Keep California Green Inc.（カリフォルニア森林保存協会）から学校に届き、白人女性で六十代半ばであろうアートの先生は、すこぶる嬉しそうだった。いかにも美術教師らしく、物静かで上品な人と記憶する。他人が喜ぶ顔を見て、深い安らぎ感を覚えた。

フォア・マザー

兄の中学卒業式に参加した母が、その夜食卓を囲んで何気なく語った言葉が、僕の耳に残った。「Student Body President（小・中学校通じての生徒会長）や、American Legion Merit Award（米国勲功協会から送られる優等賞）を貰う子供の親のように、一度は会場で紹介されてみたいわね」

と、微笑みながら食事を口にした。無意識の内に僕の身体の細胞は、母の〝希望〟に答えようと燃え始めていた。日本の教育は小学校低学年までしか経験がないので違いは分からないが、生徒会長なる重苦しい肩書は、並大抵なものではない。毎週一度は各学級委員長を集めての assembly（議会）を開き、校長先生である Mr. James W. Bayne（ジェームス・ベイン校長――ウィリアム・ホールデンによく似た、カリスマ的な存在）に報告するのが僕の役目だった。そう、Student Body President になった中学三年生の時の話である。それに加え、月に一度の big assembly（大会議）もあり、市から各分野の貢献者や、時にはスポーツ界、政治家等をゲスト・スピーカーとして招き、小・中学生全員集合しての催しが行われる。ベイン校長の挨拶後、生徒を代表してのスピーチや、進行役を務めるという大変な役割があった。スピーチは勿論、ゲスト・スピーカーに合わせて自分で考えるものだった。いやはや、大変な役割を賜ってしまった訳で、親を喜ばせるのも楽ではない。よくぞ勉強をする時間があったものだと思うのが当たり前であるが……それ程勉強はしなかった。普段の宿題をするほかは、期末テスト前にまとめて勉強するタイプで、これが不思議と、結果オーライだった。

Student Body President と呼ぶだけに選出方法は民主主義の国らしく、全校生徒による投票数で決まる。立候補するのは自由だが、当然、人格並びに成績が重要視され、候補者は三人に絞られる。実は、僕はあの日母が何気なく口にした〝希望〟的発言を忘れた訳ではないが、いつしかやや忘れかけていた。それと言うのも、生徒会長なる役柄の大変さを、歴代 Student Body

Presidentsを通して小学校の頃から見て来たからに違いない。その反面、母を思えば、興味が全く無くなっていた訳でもないのだが……。何故なら、生徒会長に選出される事は、一番〝優等賞〟候補への近道だと分かっていたから。だが、白人生徒優勢を否定しきれないこうした行事は、何となく他人事のように思い始めていた。その他人事であったはずが、学校新聞の候補者リストに僕の名前があるではないか！"Oh, my God!"（オー・マイ・ゴッド！）、「どういう事だ！」と叫んでも、後《あと》の祭り。後《のち》、聞くところによると、ホーム・ルームの先生、Mrs. Janet O. Cookによる推薦だったらしい。

　選挙期間中はポスターやチラシを配り、さながら、大統領選挙気分である。候補者を盛り上げるためのイベントも盛りだくさんで、校内の大ホールで行われる。候補者はそれぞれスタッフを結成し、思い思いの成功劇の筋書きを考え、台本を書き、出演者選びにと、大童《おおわらわ》である。人任せが苦手な僕は、これらの作業を全部一人で手掛けた。まず、〝敵〟、そう、戦う場合、相手は敵である――は何を出し物にするのか偵察する。やはり、毎年election day（選挙の日）に見せ続けられて来た、在り来り劇のようだ。しかも、対戦者は二人とも女性である……しめしめ。僕は奇想天外なアイディアを思いつき、投票数の20パーセントを占める黒人とヒスパニック系生徒たちの票を獲得するのに焦点を絞った。生徒受けするMotown Record（モータウン・レコード／黒人アーティスト専門のレコード会社）の音楽を流し、バレエとモダン・バレエをたしなむ生徒に、踊りながらの応援メッセージや台詞を、替え歌で唄わせる台本を書き上げた。ブロードウェイ・ミュージカルで有名なchoreographer（振付師）Bob Fosse（ボブ・フォッシー）的なミュージカル仕立てにしたのである。勿論その当時は、ボブ・フォッシーを知るよしもない。出演者は、全員黒人を選んだ事は大正解だった。この頃から、企画、あるいは、プロデューサー的潜在能力は多少あったのかも知れない。ソフト・タッチな応援イベントでリラックス気分にさせた後《あと》の候補者スピーチで、僕の選んだ表題はミュージカルとは裏腹に、「現代教育」なる実に堅苦しいテーマを熱弁した。この押しては引く減《め》り張《は》りのある演出効果が全校生に支持され、先生からも大変褒められた。投票の結果は、88％の票を獲得する事が出来た。泣き崩れる金髪のL. V.（思いやりとしてイニシャルとしよう）そして、寂しげな学校一秀才だったG. O.を見て、ちょっぴり辛かった。何はともあれ、母の希望に報いるべく努力への第一関門をくぐり、その先のゴールに向かって階段を上り始めたのである。生徒会長としての任務である広報大臣、財務大臣、企画大臣等、様々な役員を選ぶ初仕事が待っていた。これがまた、頭の痛い事……。僕は、〝学校〟と言う名の社会の中で、勝利、名誉、そして責任を持つ事への貴重な体験をさせて頂いた。推薦者、ミセス・クック先生のお蔭である。よく考えれば、生徒会長に選出された報告を家族にした記憶はない。日常のスケジュールが母とは異なるためで、母の帰宅時間には、僕は既に床の中で羊の数を数え終えた頃だった。

Mr. Bayneの愛車はピンクと白のツートン・カラー・キャデラックだった。この車に乗るのは皆の憧れで、それは学校の先生とて同じだった。三ヵ月に一度の割合で、他校へリンカーン中学校を代表して、友好親善訪問のスピーチに出掛ける。少年の僕には、ソファー程の広さを感じる座席にドッカリ坐り、校庭にいる生徒の視線を一身に集めながら走り去るのは、まんざらでもなかった。ある日、Kit Carson（キット・カーソン）中学校でのスピーチを終えて本校に帰る車中で、校長に僕は尋ねた。「昨年の卒業式では、American Legion Merit Award（米国勲功協会からの優等賞）に値する生徒がいないとの理由で受賞者なしでした。何か物足りない式でした。今年、受賞者はいますか？」明らかに意識をしての質問だった。すると、ニコッと笑って、「きっと今年は、素晴らしい卒業式になるでしょう」と返事が返ってきた。勝手に「いただき！」と決め付け、笑みが溢れ落ちんばかりに学校へと戻った。卒業も間近になって、にわかに、僕の中学生日課は忙しくなっていた。

大和魂

中学三年生の時は昭和三五（一九六〇）年で、丁度John F. Kennedyが第35代大統領に就任した年である。Cuba Crisis（キューバ危機）の話題で世界中が揺れている頃の話だ。ケネディ大統領は、公約の一つとして教育のレベル・アップを掲げ、その一環として、体力作りにも力を入れた。大統領自ら体力テストのカリキュラムを打ち出し、全国の中学校に指導要綱を配付した。

内容はこうだった。体育の時間中、男子生徒が着用するトランクスを色別にする事で、その生徒の体力レベルが一目で判るシステムであった。そうする事で、体力のない生徒は一つでも上のレベル色を求めて頑張るであろうと読んだようだ。そして、その、classification（等級別）は次のようなものだった。下からグレー、パープル、グリーン、赤そしてゴールド色と分けられ、体力テストの結果で、着用トランクスのカラーが決まる仕組みだ。

そのテストは、あらゆる種目別に別れていた。例えば、ゴールドを得る基準で説明するならば、腕立て伏せは三〇〇回。床に胸などを叩きつけ、その反動を利用して上がる行為が見られれば、その回数は全て無効と見なされ、やり直しとなる。先生が床に置いた手の上に一回一回胸を平に付けるか付けない位で止める。腕が完全に〝く〟の字に折れているのを確認されて、初めて身体を持ち上げるのを許される。この方法では、普段三〇回程出来る者も、一〇回が関の山となる。懸垂は六〇回。これも厳しくて、少しでも身体をスイングすれば失格である。先生のＯＫが出るまで、bar（鉄棒）の上に顎を停止状態にしなければならないもので、トータルで12種目程あった。最も過酷で辛かったのは、man carrying（人間かつぎ）と言う種目だった。米俵を肩にかつぐ要領を想像してもらえば分かりやすい。自分の体重と同じ、或いは、それ以上と言う原則の中で、僕は、自分より太めで四キロ程重い生徒をかつぐ事にした。学校の競技場はオリンピック・スタジアムとほぼ同じなので、一周四〇〇メートルを歩く。この距離をノン・ストップで三周する。太めだと、その分肩に負担が掛からないと判断した。かつぐ僕も

ボストン J. F. ケネディメモリアル記念館　体育カリキュラム表に表彰状とエンブレム

大変だが、かつがれる方も必死である。良く考えれば、頭に血が下がる逆さ状態を耐えなければならないのだから。半周もすれば嫌になり、この場合投げ出したくなるのは決して不自然ではないと思うが……「なにくそ、大和魂だ！」と、日本人をかなり剥き出しに意識していた。この時も、それからも、僕のSpirit（精神）は、ずうっと日／米両国のチャンポン魂である。

　過酷な辛さに、太めのRonald（ロナルド）は僕の肩の上で泣きだした。「下ろして欲しい！」とギブ・アップ宣言しながらシャクリあげている。今ここで止めたら、この一周の戦いは何だったのか……。しかし、その先を見て、「後、一周もあるのか」と思えば、「ここで止めるのも……」等と、よけいな事が頭の中を交《こう》錯《さく》する。涙する〝かつがれ人〟を一所懸命宥《なだ》め賺《すか》し説得している内に、三周してしまった。泣いてくれたお蔭で、重みの辛さや腕の痺れを紛らしてくれた。とは言え、これは本当に辛かった。ランチ・タイムにお礼にとミルクを買ってあげると、大喜びでケロッとしていた友人も、僕以上に、この日の悪夢を忘れはしないだろう。こうして僕は、全国で最初のゴールド・トランクス所持者になり、皆の模範生という事で、輝く……？ トランクスを着用して、卒業する迄の体育時間を、先生のアシスタントとしてつとめた。僕の卒業後、二人目のゴールド・トランクス獲得者が出ない理由からか、カリキュラムを一斉にレベル・ダウンさせたと聞いた。腕立て伏せ三〇〇回を一〇〇回に、懸垂は三〇回、man carrying は一周と言うように、大幅変更との事。何てこった！

　大統領のカリキュラムを達成した報告をホワイト・ハウスに届けたのは Mr. Zampathis（ザンパティス）先生だった。報告書に付け加えるのに、何か本人からもメッセージをと言われたので、J. F. Kenndey（ケネディ）、Nikita Khrushchev（ニキータ・フルシチョフ）、そして Fidel Castro（フィデル・カストロ）の三首脳がボクシング・リングの中で戦っている絵を描き添えた。子供なりに、「対立するならば核戦争ではなく、スポーツマン・シップ的なフェアー・プレー形式で対処して」との、切なる願いを込めて描いた。数日後、興奮気味のザンパティス先生が手を震わせ、僕に見せたのはホワイト・ハウスからの返事で、あのケネディ大統領によるサインがあったと記憶するが、定かではない。と言うのも、あまり良く見なかったからだ。先生の興奮度を振り返っての想像に過ぎない。「君宛に来た手紙と表彰状にエンブレムだが、叶うならば戴けないだろうか？」と聞かれ、あっさり「どうぞ」と答えた。とても悔やまれる。後一九六三年十一月二十二日、四十六歳という若さの大統領に、テキサス州ダラスでの暗殺悲劇が起ころうとは思わなかったからだ。僕の描いた絵は、大統領亡き後、ボストン州マサチューセッツ市にあるケネディ記念博物館に展示されていることを先生から聞かされた。「是非、見に行くように」との勧めだった。しかし、アメリカ国土の広さは半端ではない。正直言って余裕はなく、まして学生の僕には叶わぬ話であった。三九年以上経つ今尚飾られたままとは信じがたいので、確かめた事はない。

親孝行

いよいよ、待ちに待った中学の卒業式である。正面に向かって、舞台右下に配置されたオーケストラ・ボックスと舞台を上ったり下ったりで、僕は汗だくだった。卒業式の進行役は、当然生徒会長である僕の役目なので、スピーチに、ゲスト紹介に、かと思うと、オーケストラのドラム・セクションの演奏をすると言った具合に、フル回転だった。式典も大詰めに近付き、次期生徒会長との引き継ぎセレモニーが行われた。この時のスピーチに関しては、学校で代々使用されて来た原稿を暗記するだけなので楽だった。しかし、相手側のSteve（スティーブ）君がスピーチを途中で忘れてしまい、最後まで文章毎に教える羽目となった。まるでオウム返しのようだったと会場受けしたらしいが、こちらは教える方に必死で、気付くどころではなかった。スティーブ君にとっては、僕が一年前に暗記したパートを忘れず覚えていたのが幸いした。

待ちかねたクライマックスで、ベイン校長のアナウンスがホール一杯に響いた。「今年は教育委員会による満場一致を持って、男女一人ずつAmerican Legion Awardを発表します」。息を飲む静けさの中で、最初に僕の名前が呼ばれた。"Mas Nobuhata!"。匡志《まさし》をローマ字で書くとMasashiで、その頭の三文字を取ったのが、僕のアメリカでの名前だった。何と単純な事か……。もう少しカッコいい名前があっただろうに。アラン・ドロンのAlanとか、タイロン・パワーのTyronとか……。しかし、この瞬間《とき》聞こえた呼び名、"Mas"の響きは、これまでで自分を一番誇らしく思えた"Hero（勇者）"の響きであ

OUTSTANDING STUDENTS — Winners of the fall semester American Legion citizenship and scholarship awards for high ninth graders in Sacramento junior high schools smile happily after their selection. They are, from the left, standing, Peter Petrow and Christine Walsh of Peter Lassen, Cathy Cope and Roger Lumry of California, Cathy Bakken and Vince O'Brien of Kit Carson, Mas Nobuhata and Gwen Okimoto of Lincoln; seated: Glenn Jue, David Hughart and Barbara Agosta of Sutter, Larry Langbehn and Susan Dockham of Stanford. Bee Photo

った。会場から割れんばかりの拍手が起こる中、受賞者の両親が紹介された。かつて食卓にて母が口にした、「一度は、会場で紹介されて見たいわね」を叶えてあげられた事は、最大の親孝行だったと思う。何故なら、中学校迄の学生生活が余りにも繁忙《はんぼう》で、疲れ果てたMas君としては、次は、平凡な高校生活を希望していた。高校では何ら、親を喜ばせられるような（アカデミックの上でだが）活躍はしなかった。しかし、リンカーン中学校の歴史が続く限り、歴代受賞者と共に、**Mas Nobuhata**の名前は、金色に輝く楯に刻まれ、正面玄関内の柱に永久保存として飾られ、讃えられている。この証は、僕と一緒に学校を共にした友人や後輩の胸の中に、いつまでも大きく残っているようだ。〝十年一昔〟と言うが、幾昔経つ今でも、かつての学友達やその子供の世代にまで、僕の話題が語り継がれているのには驚いた。とても名誉ではあるが、こうも昔話になると、まるで〝懐かしの映画〟の一場面《ワンシーン》のように思えてくる。

リンカーン小・中学校時代は、ポスターの金賞に続き、金色のトランクス、そして優等賞の金の楯、正にゴールド色尽《しょく》くめのメモワールである。

IV　マイ・ホーム・タウン

ここで、古里自慢に酔い痴れて見たいと思うのだが、もっとも、トータルで約四一年間住み慣れた日本の方が、歳月の長さから言えばマイ・ホーム・タウンになるのだろうか。いずれにせよ、読者の興味を考えれば、アメリカの話が妥当であろう。

サクラメントがカリフォルニア州の州都である事を知る日本人は、意外と少ない。サンフランシスコから北東へ約一四五キロの所に我が町がある。おおよそ一八三〇年頃、スイス移民である **John Augustus Sutter**（ジョン・オガスタス・サター）一族と **James Wilson Marshall**（ジェームス・ウィルソン・マーシャル）らによって開拓された町である。開発当初は、スイス移民らによって **New Helvetia**（新ヘルベティア＝ラテン語で〝アルプス地方〟又は〝スイス〟を意味する）と呼ばれ、親しまれていた。

一八五四年に町は合衆国より州都として認定されるが、その背景にはゴールド・ラッシュ、そして農地に適した豊かな土壌への魅力が裏付けとしてある。あくまでも長年州行政区間開発部課長を務めた次兄整から聞かされた、二〇〇四年頃における市に関する情報ではあるが、一都市としての経済機構は世界の中でも第六位にランク付けられている。海抜四五〇〇m程の Sierra Nevada（シエラ・ネバダ）山脈に囲まれ、そこからの雪解け水に源を発する Sacramento River（サクラメント川）と、ゴールド・ラッシュで知られる American River（アメリカン川）との合流地点に、一九八〇年から二〇〇四年迄の間、カリフォルニア州で都市開発発展成長率ランキング一位の座を続けて達成させた町である。毎年八月半ば頃から二週間程開催される State Fair（農・畜産物等《とう》の州共通会）は、カリフォルニア州最大のイベントである。世界中から集まる参加国の中には日本からのブースも有り、和やかな夏のアメリカン・カーニバルは、"Cal Expo"（キャル・エクスポ）の愛称で人々に愛されている。桜の木が多く見られる事で、〝桜府〟の異名もあるが、市のシンボル・フラワーは Camellia（椿）である。静かでのどかな緑多きこの町は、さながら森の都として知られている。そう言えば、町を流れる川の風景と言い、仙台市に良く似ている。現在人口は一九三万人程で、その内日本企業の進出もあってか、約一万人程の日系人が住んでいると思われる。僕がいた頃の日系人人口は、約三千人にも満たない時代である。

町を車で走ると、仄かに pine tree（松の木）の芳香がプ～ンと薫る。緑一杯の酸素が吸える、健康に適した町である。「雨に歌えば」のデビー・レイノルズ、「ビバリー・ヒルズ・コップ」のエディー・マーフィー等スターがこぞって家を持つ程、多くのアメリカ人に愛されている町ではあるが、日本人の目から見れば、ただの田舎町に過ぎない。日本人感覚で言う所の、〝娯楽街〟が無いからだ。自然環境を最も重視する、市のプロジェクトは徹底している。〝花と緑〟この二文字は、風光明媚なサクラメントを表現するにはピッタリなのだ。三〇分も車で足を延ばせば、テレビ・シリーズ〝Bonanza（ボナンザ）〟でPonderosa（パンデローサ）としての撮影舞台となった農園も見えて来る。

先に述べたサクラメント川では、今でも砂金が採れる。昔ながらにパン（鉄製の皿）で水中の砂を掘り起こすと採取出来る訳だが、あくまでも、遊び心でなければならない。これが日本であれば、川自体が変形しかねない程掘り尽くされる危険性もあろう。しかし、サクラメントにおいて、機械類を用いての砂金採掘行為が見られれば、直ちに逮捕される事は言う迄もないので、この事は付け加えておこう。川沿いはどこまで行っても、日本ではお馴染みのおみやげ品店は存在しない。自然風景の妨げになる物は、一切認められないのである。唯一、川沿いにある観光スポットは、Old Town（オールド・タウン）である。

オールド・タウン、この観光スポットの一角に、世界最大級の鉄道博物館がある。三五～七種類の機関車が展示されるミュージアムは、アメリカ鉄道史を語るに際して重要なコレクションである。広く、世界中からの取材が絶えない。一八四九年の"Gold Rush"（ゴールド・ラッシュ）以来の開発は、カリフォルニア州そのものの発祥地として、数々の歴史を持つ。川が内陸への最大の交通手段であった時代、河岸に設けられた一軒の雑貨屋から始まる。僕の少年時代、このオールド・タウンはゴースト・タウン地区であった。たむろするHobo（ホーボー）〝浮浪者〟が不気味に見え、近寄る者はいなかった。歴史を持つ建造物の外観を活かし、内装の大幅改造によって蘇った。オールド・タウンは、僕にとっても驚きのレクリエーション・エリアに生まれ変わっていた。エリア正面入口付近にはPony Express（ポニー・エクスプレス）のモニュメントが設置されていて、カリフォルニア初の郵便局もそのまま保存されていて見学できる。鉄道建設前の西部開拓時代は、サクラメントとセント・ジョセフ（ミゾリー州）間一、九六六マイルの道のりを、馬によるリレー方式で郵便物を輸送したのがポニー・エクスプレス配達業である。昔、江戸時代に見られた飛脚と類似してはいるが、せいぜい護摩《ごま》の灰《はい》が天敵であったであろう飛脚とは違い、こちらは、インディアンによる襲撃、灼熱の荒野、そして飲み水補給との戦いであった。ウエスタン・ユニオン社が一八六一年に電報を開発したのを最後に、僅か一年で終止符を打たれた業務である。又、ここオールド・タウンで五月に開かれるジャズ・フェスティバルは、全米でも最大級である。多くのミュージシャンが一堂に会するこの時期は、かつてのニュー・オリンズ　ジャズ・フェスティバルを遥かにしのぐものであるらしい。

State Capital（州議事堂）建設は一八五四年に開始され、町の発展と共に増築を重ね、現在見られる建物として一八七四年に完成された。フロアーを飾るモザイク・アートやステンド・グラスからは、ゴールド・ラッシュで栄えた町の優雅で豊かな栄華が伺える。

Sutter's Fort（サターズ砦）は、John Sutter（ジョン・サター）によって一八三九年にインディアンの襲撃から身を守るため建てられた、アメリカ初の石材砦で、一度も崩れ落ちる事はなかった。あのアメリカン・スピリットの源ともなった、アラモ砦のモデルになっている。当時は四八、〇〇〇エーカーに及ぶ面積を誇り、西へ西へと新天地を求めた、Wagon Train（幌馬車）開拓者達にとっての安息所であった。

Governor's Mansion（州知事公邸）は、歴代州知事用住居として使用されてきたが、今は博物館になっている。一八七七年に一市民によって建てられた建物であるが、後《のち》一九〇三年、州により購入され、一九六六年まで知事公邸としての役割を果たしたビクトリアンスタイルの建造物だ。

Crocker Art Gallery（クロッカー・アート美術館）は西部で最も古く、まるで映画「ピクニック」に出てきそうな小さな公園の中に建つギャラリーで、僕はここにもチョッとしたエピソードを持っている。ポスター・コンテストでグランプリ賞を受けたきっかけで、青少年による美術展に参加作品を依頼されたのだった。ある日曜日の午後、三〇名ほどいただろうか、市の中学校より選ばれた未来の画家の卵たち一同がギャラリーに集められ、展示会用として絵を三時間以内で仕上げるよう指示された。テーマは自由とやらで、画材道具一式は用意されていた。美術とは、印象であり、印象はテーマが勝負と読んだ……それを見極めるには、他の生徒たちが何を描くか暫《しばら》く観察しようと決めた。当然ながら作品は全て美術館の中で製作され、持ち出し禁止であった。やはり思った通り、カリフォルニアの青い空の下で伸び伸びと育った皆は、目に

州知事公邸（著者画）

も鮮やかな、色取り取りのモチーフを用いての作品に取り組んでいた。こういう物を……と、予め構想は練っていたが、皆の絵を見て、自分のカンが間違っていなかった事への確信から、一挙に僕も描き始めた。それまでいっこうに描く気配を見せない僕を心配そうに時折覗きに来ていたPhil（Philipフィリップの愛称）、この美術館の副館長であり当展示会の責任者が、最後まで僕の後ろで食い入るように見入っていた。

競い合うカラフルな絵の中に、黒一色の絵をポツンと飾れば、きっと一番目立つだろうと最初から想像していた。従って、水墨画のイメージで残雪の枝に止まる一羽の鳥を描いた。この展示会案内用に、僕の絵が地元新聞Sacramento Beeに載ったらしいが、僕は見ていない。

クロッカー・アート美術館には日本の美術品も多数保存されており、聞く処によると、日本にとっての重要美術品もあるらしい。展示されているゴールド・ラッシュ時代を描いた数々の絵画は、学校の教科書に見る物も少なくない。取り分け、市の歴史館とでも言うべきギャラリーである。

Victorian Style Homes（ビクトリアン風住居）が数多く残るサクラメントの町は、映画のロケ等でも頻繁に使われる。台本上の舞台設定はサンフランシスコであっても、多くの見物人によってロケの妨げが多々ある。よって、静かなこの町での撮影となる事もあるようだ。「ダーティー・ハリー」シリーズがその例として上げられる。環境のせいか、この町の人達は常に冷静で、大スターがロケ撮影していても、"Is that so?"（アッそう……）なのである。ポール・ニューマンとジュリー・アンドリュース主演による、「引き裂かれたカーテン」のロケ撮影が行われたのを思い出す。その時、授業後見にいった高校のクラスメート Diane（ダイアン）の話では、七人程の見物人がいたそうである。おそらく、近所の人達であろう。ダイアンがわざわざロケ先まで見に行くには、理由がある。彼女の叔母さんは、かの有名な女優 Julia Adams（ジュリア・アダムス）で、Hollywood（ハリウッド）に興味があったのも頷ける。僕の卒業記念レセプションも含め、日系人主催のホーム・パーティーには良く出席してくれた彼女は、大の日本びいきで、日本語学校にも通っていた程である。

町の主役は何と言ってもリスである。至る所に一二〇ケ所の公園があり、野球グラウンドにテニス・コート等、市民がいつでも無料で楽しめる設備が整っている。予約を取る面倒なシステムは一切なく、開いてさえいれば使用出来る。夏には daylight saving time（夏時間）により、夜の九時近くまではプレー出来るが、ナイター用のライトが自動点灯するので、体力の続く限りスポーツを満喫出来る。また、グラウンドやコートを取り合うような事は起こり得ない。各小学校から大学までのグラウンド設備も開放されているので、漫画のドラえもんに見られるように、空き地で近所の窓ガラスを気にしながらベースボール遊びをする日本の現状と比較すると、かなり恵まれた環境である。こうした公園やグラウンドの主《あるじ》が、この地で良く見られる尾長リスで、あのディズニー・キャラクターの〝チップとデール〟のモデルである。我が家でも、屋根の上で〝コロ、コロ、コロ〟と何やら物音がよくしたものだ。冬が近づくと木の窪みに walnut（胡桃《くるみ》）を蓄えるために屋根をつたわって運ぶ途中、リスたちがウッカリ落とした時の音である。一所懸命運んでいるリスの姿は、実に愛らしいものだった。厄介《やっかい》なのは、落とした胡桃が庭に落ち、季節の変わり目には、植えた覚えのない芽があちこち庭一面に出てくる事だった。

最近では、NBAバスケットボール Sacramento Kings（サクラメント・キングス）のホーム地として、日本の若者の間でも少しは知られるようになった我が町である。

v　なんてったって青春

Sacramento High School（サクラメント高校）は〝♪蔦《つた》の絡まるチャペルで〜〟と歌の文句ではないが、チャペルなしの赤レンガが洒落た高校だった。既に中学一年生の頃から脊髄が痛み出してはいたが、高校に進んでからは、クラスの椅子に五分と同じ姿勢で坐る事が出来ないほどになっていた。ゴールド・トランクスの一件で無理をし過ぎたのかなと、自己判断で済ましていたが、新たに高校進学のため行われた身体検査で、全てのスポーツ参加へのドクター・ストップが掛かってしまった。理由は、終戦直後の困難な時期に生まれた僕は、母の胎内にいた時のカルシウム不足が原因とのことだった。成長期に伴って、脊髄が大きくS字型に曲がり始めていた。運悪く、心臓を圧迫する方向に曲がり、心臓も悪いとの報告を受けた。診察結果のカルテは本人が家に持ち帰り、体育時間の免除届けを親のメッセージと共に、学校に提出する仕組みになっていた。これ幸いと、当然家族には「ナイショ」にしたのだった。

心臓が弱ければ強くしてやろうと、相変わらず、自己判断による決断を下した。付け加えさせて戴くならば、全てにおいてマイ・ペース人間では決して無い自分である。もう少し人目を気にせずマイ・ペースで生きられれば、無意味な苦労を経験しなくて済むのかも知れないが、何しろ、相手の事を先に考えてしまう。〝どうぞ、お先へ〟が、僕の長所でもあり、短所でもある。で、続きだが、自分自身の事となると、まるで無責任になる。ワンパク時代に左手首を骨折した時も、三日間折れたまま黙っていた。九歳にしては我慢強さがあったと思うが、少しも褒められた事ではない。

陸上クラブに誘われ、一〇〇ヤード競走、砲丸投げ、走り幅跳び、八八〇ヤード競走、そして走り高飛びに参加させられた。高校ともなると、この辺からアジア系民族と白人系との間で、体格の開きが歴然としてくる。従って、体重別でＡＢ二グループに分けられた。当然僕はＢグループ **athlete**（運動選手）として参加した訳だが、走り高飛びのような長身が有力視される競技では、体重の軽いＢグループとは言っても、もやしのような選手ならば一八五、六センチもある選手も少なくない。全ての競技で一度は一位を経験したが、意外にも、この走り高飛びが得意競技であった。一番小さい僕が、大きい選手を負かす味わいは、豊富なカリフォルニアン・フルーツよりも美味しいものであったのは、僕の脊髄によるハンディ・キャップを克服しての勝利だからであったように思う。

競技場はサクラメント・パイオニア大学のグランドで、この競技場はアメリカ・オリンピック選抜大会が行われることで有名でもある。あのカール・ルイス、モーリス・グリーン選手等は、いずれもこの競技場での成績の結果、オリンピック代表に選抜されている。競技レベルが違うとは言え、僕はルイス選手が走る二二年以上も前に、この競技場で栄光のテープを切っている。

泡沫の恋

淡い恋への憧れが芽生えるのは、遅い方だった。「バック・トゥ・ザ・フューチャー」等アメリカ映画で見られるように、中学、高校の主催によるダンス・パーティーが多く開かれた六〇年代である。それに加え、仏教会主催や、個人的な誕生パーティーを合わせると、年七、八回はあったろう。そう言えば、映画の主人公・マーティー同様、六〇年代初期が僕の思春期である。女の子に誘われる機会はあっても、自分から誘う事はほとんどなかった。モテた……？　自惚《うぬぼ》れではあるが、大変モテた。何故か面倒くささが先立ち、デートよりも専《もっぱ》ら、男友達と連れ立って行ったものだ。どの道、ダンスは大の苦手なので、冷やかし程度に参加したに過ぎない。

こう書き残したままでは、悲しい事ではあるが、今の時代ではモノ・セクシュアルであるとか、少し奇怪《あや》しいのではと、変な捉えられかたをされがちなので付け加えておこう。御多分に漏れず、一人だけ熱烈に恋をした女性がいた。これほどまでに綺麗人《うつくしい》は、見たことがなかった。あの「シンデレラ姫」以来である。つまり、ディズニー・アニメーションの世界だけが、僕の理想だった。正に、幼稚である。その人は、銀幕の中で光輝く鰐淵晴子さんである。松竹映画「伊豆の踊り子」を見てのことだ。この街では週末に、地元の仏教会会館で日本映画が上演される。ロスアンゼルスやサンフランシスコ（正確にはロス・アンゼルスにサン・フランシスコであるが、何故か日本では続けて書くのでそうする）のように、幾つも日本映画館があり、連日上映されている訳ではないので、映画の選択は出来ない。たまには観にも行ったがほとんどは友人数人と、これまた、冷やかし気分で行ったものだ。日本語の〝に〟の字も知らない日系三世ばかりが遊び友達で、僕も英語字幕スーパーを読んでの映画鑑賞癖がついた頃だった。サクラメント在住のジミー・マツフジ氏（母の友人）は、鰐淵晴子さんの父親と親戚に当たり、お蔭で彼女のサイン入りブロマイドを戴いたが、当時僕の宝物であった。どんなに恋しく思っても、どうにもならないと言う、The Awakening of Love（恋の芽生え）は、僕を少し成長させてくれた。どうにもなら

鰐淵晴子さんのサイン入ブロマイド

ない、恋の痛みが分かったからだ。でも……やはり、さばさばした男友達とのバスケット・ボールの方が面白かったことも事実だ。初恋の色は、銀幕の中で微笑むシネマ・カラーだったなんて、結構照れるものである。

日本再び

鰐淵さんがきっかけで観るようになった日本映画のお蔭で、僕には違う憧れも芽生えた。それは日本文化そのものである。新天地に幼くして移り住み、言葉や習慣の違いを身に付けなくてはならなかった僕は、当然ではあるが、アメリカの歴史や文化色が樽の中の漬物の如く、どっぷり芯まで漬かり、プンプン匂わせていた。そんな僕にも、銀幕に映る世界は何か懐《ゆ》かしく、そして忘れていたものを心の奥から呼び起こすのだった。

僕にとって日本とは串本《くしもと》と言う小さな田舎町に限られた、思い出の中の知識に過ぎなかった。従って、〝文化〟という意味では、ほとんど知る由もなかった。ところが、三船敏郎さんの「宮本武蔵」を桑港《そうこう》のChina Town（中華街）にある、中国人向け映画館という意外な場所で観た事が、目覚めのきっかけになった。日系一世の人達はサンフランシスコの町を「桑港」の愛称でこう呼ぶ。中華街の自慢をするつもりでシスコまで僕をドライブに誘ったbest friend（友人）

John Lee（ジョン・リー）は、Chinese American（中国系アメリカ人）である。中国映画を観せようと立ち寄った映画館には、偶然にも日本映画のカンバンが掛かっていた。キツネに抓《つま》まれたような顔をした友人だったが、何はともあれ観ることにした映画は、中国語字幕スーパーだったので安心した。中国語の吹き替えだったなら、感動するより笑っていたかも知れない。この日から、〝マサシ〟青年は一字違いの〝ムサシ〟に憧れていった。三船〝ムサシ〟像が、僕に日本人である誇りをより強くもたらした。中国文化を自慢する目的だったはずの友人は、映画鑑賞後に、僕の得意気な〝侍魂〟についての説明にすっかり魅せられていた。それからは、時折僕と一緒に日本映画にはまってしまった様子で、彼の好みは「座頭市」だった。

時は一九六一年七月の夏のバケーション、ロスアンゼルスに住む従兄弟 Tamotsu Teraji と Shouchiro Yoshimura を訪ね、初めてこの街を訪れた。当時は現在ほど高速道路が整備されておらず、一〇時間余り掛かるロング・ドライブだった。空気の澄んだサクラメントに比べ、エア・スモッグによる公害で涙の出突《でづ》っ張《ぱ》りだった。茹《う》だるアスファルトの陽炎《かげろう》に揺れ映る、椰子の街並が印象的だった。因《ちな》みに、Tamotsu と Shoichiro は母の妹、文子叔母の息子達である。仕事に追われる二人は、僕を映画館で時間を過ごさせることにした。丁度この頃、東宝映画社が初めてロスの街に La Brea（ラ・ブレア）と言うシアターをオープンして、記念行事が催されていた。何と、連れて行かれた出し物は、三船敏郎主演による「無法松の一生」であった。事もあろうに、その三船さんが……憧れの人が、舞台挨拶に立ったのだ！　忘れられない"Summer of '61"になった。大柄なアメリカ人を見慣れた僕には、意外と小柄な三船さんに、ちょっと驚いた。三船さんが演じた〝武蔵〟の武士道精神と、〝無法松〟の義理人情のしがらみに生涯を賭けた人物像は、僕にどのように日系アメリカ人としてあるべきかを教えてくれた。この目覚めは、当然日本文化に一層の興味をもたらした。

三船敏郎さんのサイン入ブロマイド

エチュード

アメリカ生活の中で身近に触れられる日本文化の一つは、何と言っても音楽である。当時、友人たちはエルビス、暫《しばら》くして、ビートルズやローリング・ストーンズに明け暮れていたが、僕は専《もっぱ》ら映画「ベン・ハー」のサウンド・トラックや、ミュージカル音楽鑑賞に凝《こ》っていた。オーケストラ時代の影響と思える。エルビスやビートルズ・ナンバーは、日本に来てから必要に応じて覚えた訳で、それまでは名前以外は知ることもなかった。学園キャンパス内では圧倒的に根強いビートルズを筆頭に、グループ・サウンズ全盛期の中にあって突如と現れ、堂々とヒットチャート第一位の座に輝いたのが、坂本九さんの"Sukiyaki"（「上を向いて歩こう」）だった。

その頃、太平洋をヨットで単独横断し、アメリカ中を喫驚《ビックリ》させた堀江健一青年が、シスコ湾にひょっこり辿り着き新聞を賑わせた。我が町サクラメントを訪れた堀江さんを、各日系の県人会でレセプションを開催し、手厚く歓迎した。「寂しくなった時、星を見ながら唄った歌です」と言って、お礼の気持ちに「上を向いて歩こう」を涙ながらに唄ったのが印象的だった。

アメリカにおいて日本人が活躍又は、良き話題としてクローズ・アップされるのは、私達多くの日系人に限りない自信と誇りを与えるものである。坂本九さんを初めとする、各界における日本人の功績は、この頃、アメリカにおいてちょっとした日本ブームとして沸いたものだった。南海ホークスより初のメジャーリーガーとなり、サンフランシスコ・ジャイアンツに入団した村上雅則投手がいる。野球少年で、熱烈なニューヨーク・ヤンキースファンであった僕だが、村上投手の投げる日だけは、ラジオでのジャイアンツ戦に聞き入ったものだ。ハリウッドにおいても、映画「戦場にかける橋」で、早川雪洲さんがウィリアム・ホールデンやアレックス・ギネスを相手に大熱演の末、日本人初のアカデミー助演男優賞候補に選ばれ、話題となった。更に、映画「サヨナラ」ではマーロン・ブランドとの共演で、ナンシー・梅木さんが日本人初のアカデミー助演女優賞を獲得した。この時の作品評価に気を良くしたマーロン・ブランドは、立て続けに日本を舞台とした、「八月十五夜の茶屋」を京マチ子さんと共演している。

こうした日本ブームにともない、日本は一九六四年の東京オリンピックと共に、高度成長へと大きく生まれ変わって行く。

話はやや遡《さかのぼ》るが、子供というのは純真であるがゆえ環境に染まりやすく、そうした目まぐるしい速さの中、辛うじて僕の日本語離れを留めさせる上での架け橋は、美空ひばりと三橋美智也さんだった。当時、小遣いは全てこの二人のレコードにつぎ込んだ程だ。従って、お二人の曲はほとんど知っている……強いて言えば、歌詞が難しかった。丸覚えは出来ても、九歳弱までの日本語教育では無理があった。

著者　野球少年の頃

〃好きも何とかの内……〃で、日系人で結成された「東京バンド」なるグループで十歳の時、歌手として初舞台に立った。毎年夏になると、日本の伝統芸能や文化を次世代へと受け継ぐための、Japan Week（日本祭り）なる催し物が行われる。日本舞踊、三味線に琴等の演奏会に交えて、目玉は〃歌謡ショー〃であった。好きな人が寄り集まって歌う、さながら、鐘の鳴らない「のど自慢大会」で、嬉しいのは、最後まで歌わせて貰えることだろう。全米各地に日本人町（あるいは街《がい》）がある。日系移民人口の度合によってそのスケールは様々だが、ロスアンゼルスのリトル東京でさえも、サンフランシスコの中華街の半分に満たない訳だから、とてもサクラメントの日本人街では観光スポットにはなりえない。単に二ブロック余りの、ちょっとしたコミュニティーに過ぎない。いずれにしても、お釈迦様の誕生を祝う花祭りイベントに、それぞれ〝腕自慢〟に〝のど自慢〟が集う、〝オラが町〟での日本祭りである。サクラメントには、「東京バンド」と「サクラ・バンド」の二バンドがある。二年程続けて唄ったが、初めて人前で披露した歌が三橋さんの「逢いぞめ笠」で、二度目は「リンゴ村から」だった。大人に混じっての子供という特権だったろうが、大好評だったのを覚えている。その後は、声変わりで高音が出なくなったショックがきっかけで、スポーツ少年へと変貌した。今でこそ、日本の放送番組がサクラメントのTVブラウン管にも流れはするが、当時は、叶わぬ夢物語であった。ましてや、大好きなアンディー・ウィリアムス、ダニー・ケイ、ペリー・コモやディーン・マーチンと、人気ショー番組が目白押しに放送されたこの頃の僕は、日本の歌謡ショーなど知る術もない。従って、〝演歌の花道〟へと憧れる誘惑材料もなく、徐《じょ》々に日本語への距離を置きつつ、平凡なアメリカン・ライフを満喫していた。

VI　戦争と青春

志

　中学卒業を期にオーケストラ活動も止め、高校時代からの音楽との接点はレコード鑑賞だけになる。俄《にわか》に燻《くすぶ》るベトナム戦争にも、学生がどっぷりと巻き込まれる危機感はまだない。丁度この頃、アメリカや日本で大流行したフォーク・ブームのジャンボリーにも特別興味は持たず、ピーター・ポール・アンド・マリー、ボブ・ディランやジョン・バエズが、我が大学キャンパスで公演したのは一九六五年の春だが、やはり無関心だった。僕もいつしか大学生で、Sacramento Pioneer City College（サクラメント・パイオニア・シティー・カレッジ）に入学したのは、母を離れ遠くへ行く気がしなかったからである。多分、日本からアメリカへと大きな環境の変化を体験し、母との生活期間もまだ僅《わず》かであった僕は、側を離れる事への拒否反応が働いていたのではないだろうか。さほど勉強に熱をいれる訳でもない日々が過ぎる。そこそこの成績を維持出来たのがいけなかったのか……、中々自分を奮い立たせるきっかけがなかった。アメリカの大学は日本と違い、入学の関門をくぐりさえすれば卒業出来る訳ではない。成績如何《いかん》では、入学から六ヵ月後には学生の20％程はドロップ・アウト（中退）して行く。専門校でない限り、入学試験は比較的楽ではあるが、卒業するには大変な努力が必要である。いかなる理由であれ、年間七日間以上欠席すれば落第であった。あくまでも当時のであって、現大学制度の詳細は分からない。ベトナム戦争時代がもたらした、厳しい大学制度であった可能性もある。そんな青春期に、Dentist（歯科医）になる意思が固まる。熱烈なアタックを受け（いや、本当の話）、知り合ったガール・フレンド（今度は恋人の意味である）の叔父が歯医者であったからだ。どうも、自らの欲からよりは、〝誰かの期待に応えるため〟の理由がないと、余り積極的に動かないタイプなのかも知れない。だから、人に頼まれたことならば、〝損〟があって〝得〟が無くても、死ぬほど頑張ってしまう。そんな自分に少々呆れはするが、〝分かっちゃいるけど止められない〟である。従って、知人にとっての僕は、この上無く有り難い存在らしい。人に尽くすその半分でも、自分のためにと考えられたなら、少しは家族も楽をしただろうにと思うようになって来たのは、ようやく五十代半ばになってからである。

大学時代の恋人ともなれば、そこそこ大人の付き合いがあっても不思議ではないが、潔癖症《けっぺきしょう》だった。手を取り合う事さえ躊躇《ちゅうちょ》する性格で、そんな僕に嫌気がさしたのか、僅か一年の恋だった。プラトニック・ラブであれば、〝別れ〟の文字も当てはまらない位である。しかし、歯科医師を目指す志に変化はなく、その結果、San Jose State College（サン・ホセ州立大学）歯科部の入学試験を受けた。町を離れる決心は、恋の破局の辛さから逃れたい気持ちも多少はあったと思うが、〝振られて当然〟と悟りを持てたのは日本に来てからである。受験に合格し、キャンパス近くにアパートを決めて準備していた。ところが、申請をしていた転入先に提出すべき母校からの転校届の書類が、大学職員の職務怠慢で手続き上の遅れが出てしまい、締切りに間に合わなかったのである。「書類不足のため、次学期まで持ち越し」の知らせを受けた時は、説明しようもないほどのショックを受けた。大学のオフィスを相手に猛烈な抗議をしたが、どこにでもある、責任逃れの一点張りである。人間《ひと》一人の人生を一八〇度狂わせてしまう結果になろうとなるまいと、知った事ではないと取れる反応だった。人種の坩堝《るつぼ》である国がもたらした、典型的な欠陥である。今でも、その時対応した女性の顔が目に浮かぶ。単に、血液型Aによる〝こだわり〟の問題ではない。

この年、僕と同じ運命の被害を受けた学生は、知る限り、身近だけでも一〇人はいた。止むなく〝浪人〟生活をする羽目になった訳だが、この時代、僕達学生事情は日本の浪人生活とはチョット異なる。ケネディ大統領暗殺事件後、Vietnam（ベトナム）戦争が一層活発化していたからである。戦争開始時点の頃とは違い、免除されていたはずの法律や医学を専攻する学生ですら、次々と徴兵検査を受けさせられ戦場に送られる運命にあった。第二次世界大戦中のシンボルマーク"Uncle Sam"（星条旗模様のシルク・ハットをかぶった男性）が、"Want You!"（君が必要だ！）と書かれたポスターに因《ちな》んで、男子学生同志の挨拶は、"Uncle Sam Call you?"（アンクル・サムから来た？）……日本で言えば、「赤紙来た？」と確かめ合う緊迫感があった。僕も、歯科部を専攻していたので徴兵は免れるだろうと高を括っていた一人だが、そうはいかなかった。戦場ではベトコンの捕虜となったアメリカ兵士は、歯に穴を開けられ神経を攻める拷問を受けるらしい。そうした事で、多くの歯科医を志す学生も戦場に送られる事態にまで、戦争はせっぱ詰まっていたのである。学業を共にした者たちが戦死した記事を新聞で読み、一刻一刻と迫り寄る身の危険を感じたものだった。〝ウッド・ストック〟に代表されるベトナム反戦イベントや、学生集会がアメリカ各地で盛んになった。僕の大学人生は、その渦中にあった。当時流行したサイケデリック・カラーは、一つの特色を持たず、全ての色を人種の肌色に見立て、"Borderless Love"（国境の無い愛）と自由を表現した、ファッションメッセージだった。アメリカンヒッピー族の心境を強調した、一種のデモンストレーションで、日本で見る若者によるファッションブームとは事情が異なるように思えた。

Masashi カム・バック！

辛か不幸か、僕の脊髄の痛みは相変わらず物凄い。痛みと言うのは、口で説明出来るものではなく、又、健康な人には分かるものでもない。痛みを感じ始めた小学六年生の頃から、今日《こんにち》までの長い歳月で、二四時間中一分たりとも痛みを感じない時はない。従って、清々しさとか、体調の良さには無縁に近い。せいぜい、「今日は、幾らか痛さが少ないかな」と感じる日があれば、それが僕にとって体調の良い日である。しかし、皮肉にも、この欠陥のお蔭で徴兵身体検査不合格のレッテルを貼られ、ベトナム行きを免れたのだから、まぁ、喜ぶ事にしよう。

日本での脊髄治療を目的に、パスポートの申請をした。徴兵逃れを厳しく取り締まるため国の対応は慎重であったが、レントゲンを観れば一目瞭然……ひどい脊髄の曲がり具合であった。徴兵検査においては、町の開業医師によるカルテは当然の如く一切認めず、軍医の検査のみが適用される仕組みだ。結果は、即日本で治療させた方が良いとの検査結果が出たので、言葉は悪いが、〝アメリカ脱出〟が決まった。名誉のために付け加えるが、アメリカに対する"patriotism"（愛国心）は誰にも負けないつもりだ。あの、アメリカ陸軍史上最高名誉勲章を授けた、日系二世志願兵による"442nd Infantry"（442歩兵部隊）に匹敵する魂は持ち合わせているつもりだ。だが、フランスがアメリカに押し付ける恰好となったこのベトナム戦争だけは、僕に限らず、多くのアメリカ国民も疑問を持たずに居られなかった。

母も兄の毅そして整も、事が事だけに、僕の日本行きには反対しなかった。

どうせ日本に行くならば多少の目的を持たなくてはと思い、僕は歌の勉強も視野に入れた。急な発想展開ができたのには、自分でも滑稽であった。人生計画を極端に変えざるを得ないと言う、突如とした被害時であったに拘らず、若さゆえのゆとりからなのか、さほど慌てはしなかった。制作プロデューサーなる職業においては、その時々のシチュエーション変化に、事態をその都度調整できるか否かが大変重要である。そう言う意味で、僕には元々企画、制作あるいは、詞・曲を作るこれらの仕事が、先天的に合っていたのではないだろうか？　つまり、大学側が犯した大きな過ちにより生じた運命の悪戯《いたずら》ではあるが、〝状況に応じて発想の切り替えや想像力を必要とする稼業が天職である〟と、信号めいた発信を体に感じていたのかも知れない。才能があるか否かは、勿論、他人様《ひとさま》が評価して下さることではあるが……

　母の再婚相手という理由だけでそう呼ばざるを得なかったパパは、良い意味で不器用にしか生きられない人で、僕たち兄弟にとても厳しく、一般的に言う『愛情』を以って接することはなかった。だが、母の幸せはこの男性《ひと》に託すしか他に術もないままに、僕は今再び母のもとを離れ飛び立とうとしている……。顧みれば短い歳月だったが、この人、パパの援助なくしては、我ら三兄弟と母との再会もままならなかったであろう。感謝の気持ちだけは忘れないつもりだ。

　そんな彼がシスコの空港で僕の手を取り、握手を求めたのは意外であった。母は珍しく涙しなかった。その時の母の心境は、きっと別れの辛さより、ベトナム戦争から逃れられたことへの安堵感にほっとしていたのだろう。母心の奥深さである。わずか一〇年間の短いアメリカ生活ではあったが、思春期を過ごしたこの国は、僕にとって、故郷離れがたしと言った迷情ではあった。母の姿を遠くに見て、以前日本を後にした時のように、離郷を急かす翼の音が耳に響いた。ともあれ、二十歳の冬のこの日の思い出を宿して、昭和四二（一九六七）年一月二十九日、嘗て新天地の第一歩を踏みしめたサンフランシスコから、再び羽田空港へと飛び発つ事となった。サン・ホセ大学生として籍を残したままであり、入学金も納入済みなだけに一年程で帰省するだろうと家族は思っていた。映画『シェーン』の如く"Masashi come back!"コール（が、あったかどうかは別として、少なくとも心の中では皆、そう叫んでいたに違いない）の中、搭乗ゲートへと向かった。この日ばかりは、空から見下ろすゴルデン・ゲート・ブリッジの色は、涙色に光った。

VII　新たなる出発

帰国 or ビジター？

日付変更線を越えるため一月三十日の入国となった訳だが、僕を待ち受けていた現実は予想以上に厳しいものだった。

日本からアメリカに渡った時は、子供であった特権で、分からないことは分からないで許された。だが、既に大学三年生（三年生としては未経験だが肩書きはそうである）で、もう直ぐ二十歳の若者では、日本の習慣が「分からない」では済まされない。いずれにしてもそこそこ日本語は話せたつもりでも、どこかぎこちなく、読み書きとなればなおさら恥ずかしい限りであった。金髪頭ならばいざ知らず、どこから見ても日本人の僕が、「分からない」の連発では通らない状況だった。役所と名の付く場所での嫌な思い出は、数しれない。アメリカでさえ受けた事のない差別が、ここにはあった。しかし、この嫌な経験が僕を奮い立たせ、日本語を完全マスターさせる火種となった。閉鎖的《へいさてき》な日本は、国籍だけがアメリカ人で外見は日本人の僕には冷たく、白人に対する対応とは明らかに違った。コンプレックスによる、白人社会への外面の良さや、政財界における外交上の Ideology（イデオロギー）は、戦後二二年経った当時も今も、その進歩が見られないように思う。それはともかく、気持ちは帰国者でも、現実は完全なるビジターであった。再び、知識注入のやり直し人生が始まったのである。

やはりアメリカ人

在住外国人には、一見して僕が日本育ちではない事が分かる様子だった。ある日、銀座を歩いていると、英語で声を掛けて来たフランス人、ユベル・ジョワニヤンは、日本での友人第一号となった。私から見て、フランス訛りの下手な英語を使う友は、歴《れっき》とした英語教師をしていた。時々電話を掛けてきては、日本語の◯◯を英語で何と言うのか、と聞いてくる。どうやら、生徒に質問され、困った上での電話である。彼にしてみれば、フランス語を教えたくとも需要がなく、苦手な英語で身を立てるしかなかった。彼は後《のち》、森光子さんとの共演で、〝タケヤ味噌〟のコマーシャルや、テレビ・ドラマにも出演する事になるが、それまでは貧乏生活で、駒場東大前の四畳半アパートに住んでいた。皮肉にも、僕とは逆にフランスの徴兵が下り、一年間帰国する事態となる。その間《かん》、僕は彼のアパートに移り住む羽目となる。それまでは母の友人、木村家に居候をしていた訳ではあるが、ユベル援助のため、生まれて初めて一人暮らしを経験する運びとなった。日本に戻るつもりの彼は、荷物を全部残したままだった。お蔭で、僕の方は一切持ち込む事が出来なかった。どの道、スーツケース一個の気軽な身ではあったが。押入れは開ける事すら儘ならない程一杯で、その上、大きなライティング・デスクとソファー・ベッドが、狭い四畳半を占領していた。立っていられるスペースは畳一畳分あるかないかだったろう。忘れもしない、駅から歩いて一分の、アパート〝グリーン・ハウス〟での生活である。

駒場東大が近いせいか回りには学生が多く、これを逃す手はないと思った僕は、英語の個人教師を望んでやる事にした。理屈っぽい学生を相手にするので、自分の日本語を向上させなくては、説明や論じる事は出来ない。従って、僕にとっては一石二鳥だった。お金を貰って学生から日本語を吸収するつもりで、猛烈に勉強した。だから討論は大いに歓迎するところだった。自分で作成したカリキュラムは、市販の教科書より遥かに実用的であると評価された。その評判を聞きつけて、代々木にある英会話教室に誘われ、本格的な授業を受け持つようになるのだが、英会話を教えるのは、あくまでも生活の糧《かて》稼ぎで、目的である音楽の勉強も、しっかり実行に移していた。

一九六七年頃の日本では、日系アメリカ人の存在はまだ比較的珍しく、結構人気者に成りつつあった。英語を話すと言う、語学力に対する魅力だけが理由だったかも知れないが……僕の回りにはよく人が集まった。特に、歌手を目指す人達からの接近が多く、その中の一人が清水ジュン君だった。彼が歌っている渋谷のクラブに案内された。お酒には縁のない僕だが、たまたまその店に居合わせた客の一人とは、些《いささ》か腐《くさ》れ縁《えん》の始まりとなった。夜の帳《とばり》にさざめく店、「おがわ」で一曲披露する事となり、「想い出のグリーン・グラス」を歌った。おそらく日本ではまだ誰一人として、トム・ジョーンズを知らない頃である。トム・ジョーンズが日本で一世を風靡するのは、それから二、三年後となるからだ。内海功なる人物に、声を掛けられた。この客が菅原洋一さんのチーフ・マネージャーだった理由で、音楽と言う世界がやっと鮮明に見え始めるのだった。

歌を目指すなら、その道の仕事をするように、との助言を受けた。もっともであるが、そうしたくともコネもなければ、右も左も分からない世界ではどうしようもなかった。出口の先にチーズを置けば、ネズミは迷路を難無く抜け出すだろうが、僕の迷路は、チーズもなければ、出口の保証もない。その中で、五万と言う人達が、成功を目指して、日々音楽の努力と競走をしているのだ。内海氏は実に親切で、菅原さんを紹介してくれたり、菅原さんのバック・バンドを務めるミュージシャンを紹介してくれたりもした。以来、この方達とは今日もなお、お付き合いが続いている。人との出逢いを色で表現するならば、僕は黄色を選ぶ。出逢いには、ゴッホの太陽のような赫《かがや》きが見えるから。

VIII　ゴーイング・マイ・ウェイ

シンガー・マーシー

内海さんの学校の後輩である大平次郎は、プロの演奏家として高輪プリンス・ホテルに出演中であった。バンド〝ニュー・エリートメン〟のメンバーとして、ギターとヴォーカル担当者である。その繋がりで、「バンドを聞きに行かない?」と誘われ、プリンスへと向かった。演奏後、控室にいたバンド・マスターの〝バラさん〟こと原みつる氏に紹介された。急に、次のステージで歌ってみる事とあいなった。いわゆる、ぶっつけ本番オーディションである。心構えもないままに、菅原洋一さんの「知りたくないの」を選曲したのは、自然の成り行きだった。話は早い。「明日から始めよう」と言う運びになり、〝マーシー〟の愛称で歌手デビューとなった。ちなみに〝マーシー〟(Massy)の愛称は、大学時代にアメリカで付けられた呼び名だった。職業柄色んな人達との出逢いがあり、中でも、プロ・ゴルファー倉本選手の関係者が大変気に入り、「その愛称、倉本に頂いていい？」と聞かれた。斯《か》くして、マーシー或いはマッシー倉本が誕生したのは僕のお蔭……？

レパートリーの準備もなければ、衣装もない。バンド・メンバーの衣装に合わせるため、急遽仕立てを三種類程注文したが、この返済に給料の七割が飛ぶ事となる。家賃の五千円と光熱費とプリンス・ホテル迄の電車賃を引くと、ほとんど残らなかった。お蔭で、僕の一日アンパン一個の生活が始まった。見る見る痩せて、おそらく体重は四〇キロ代後半にまで落ちたと思う。少なくとも五〇キロあるかないかだった。人間、胃袋が小さくなると食べ物を見るのも嫌になるもので、ご飯は一口、おかずは手つかずの毎日だった。ホテルからメンバーに支給される僕の弁当を、バラさんを除いたメンバーによる取り合いっこが一斉に始まる。頭の上から、腕の脇からと、あらゆる角度からお箸が飛び出す騒ぎだった。バラさんは、僕に負けず劣らずのヤセッポッチで、その光景をニヤニヤしながら眺める優しいリーダーであった。しかし、音楽に対する厳しさは、有り難い事に、桁外《けたはず》れであった。

ちなみに、バンド・メンバーを紹介すると、ギターは〝換気扇〟の大平（何でも大口で吸い込んでしまうから）。実際に彼がステージで歌っている最中、深呼吸と共にハエを飲み込んでしまった事がある。これは紛れもない事実だ。ピアノはバンド・マスターの弟で〝ゴリラ〟のシゲちゃん。ちょうど、毛を剃られたゴリラのような人。〝マーボー〟とはドラム担当の小出で、彼の特徴は鼻と足が極端に曲がっている事。真っ直ぐ立っても、足の間に遠くの富士山がスッポリ入ってしまう。ある日、人の目を見ると、どんなビタミンが不足しているか分かると僕が言うと、大平さんが「じゃあ、見てくれ」と言った。「ビタミンAとBが、不足している」……と言う具合に話が弾んでいた所へ、マーボーが「マーシー、俺も見てくれ」と目を出した。「どこが悪い?」と聞いたので、「頭が悪い」と答えたら臥転《こいまろ》ぶように一同大爆笑となった。皆先輩ではあるが、心暖かい人達ばかりで僕のジョークに酔いしれていた。関連はないだろうが、後《のち》メンバーが出したレコードの曲名は「酔わせて」だった。

零れ話

バンド・ヴォーカルの経験は、とても貴重なものだった。バック・バンドのリズムやコーラス・パーツに気を使う技術が自然と磨かれ、音楽に重要なハーモニーとアンサンブル（調和力と纏まり）への理解力が鍛えられていた。バラさんを初め、メンバーのお蔭であ

バンドで歌う著者　ライブハウス ルイード（Ruido）

る。きついスケジュール乍《ながら》も楽しいステージが多かった。〝チェンジ〟とは、引き継ぐ次の出演者をさす言葉で、このチェンジには様々なアーティストがいた。〝鶴岡雅義と東京ロマンチカ〟、高橋真梨子さんがヴォーカルをつとめた頃の〝ペドロ&カプリシャス〟、〝キングトーンズ〟、〝ロス・インディオス〟、〝黒沢明とロス・プリモス〟、〝ベッツィー&クリス〟そして水原弘さん、岸洋子さん等、多彩な方達であった。

ホテルに始まり、その他色々なステージ出演を経験したが、中でも、バンド・メンバー全員、二度と行きたくない場所もあった。有名な◯◯ヘルスセンターがそれで、翌日朝早くからステージ・セッティングがあるため、前日の深夜にヘルスセンターへと乗り込んだ。到着後、僕達は係員に部屋へと案内され、一段落ついた所で全員大浴場へと向かった。時間が時間なので消灯されていた薄暗い中、プール並の広さで貸切り状態に満足した僕達は泳ぎ始めた。するとマーボーが、「何か浮いてるぞ?……ゲェーッ!」と悲鳴を上げたので皆なして飛び出した。そう、多分子供だと思うが、湯船の中で〝大〟をやっちゃったらしい。ここでの仕事のきつさは半端ではなく、ウンがなかった。

ナポリ地方のプリンス"Fausto Cigliano"(ファウスト・チリアーノ)の来日で、ステージ共演が実現した。会場は、八王子のサマーランドであった。"Monia"(「その名はモーニャ」)をヨーロッパで大ヒットさせたカンツォーネ歌手との共演に、バンド・メンバーと燃えた。特に、僕の意識は〝ギンギラリン〟と言ったところで、全曲トム・ジョーンズばりの張りのある唄で、対抗を試みた。僕の歌も終わり、いよいよ真打ち登場となった。エリートメンがそのままバック・バンドをつとめたので、僕達は待ち構えるように、本場イタリアの情熱的なカンツォーネに期待した。ところが、いざ歌い出すと、彼は〝ささやき派〟の歌手だったので、全員演奏しながらズッコケた。

高輪プリンス・ホテルにおいて、その日のチェンジ・バンドは、かの有名な〝トリオ・ロスパンチョス〟であった。絶妙な呼吸とハーモニーの素晴らしさに、魅了させられっぱなしだった。その後、僕達のステージを脇で聞いていた彼らは、ある一曲に大変興味を示した。それは、「コモエスタ赤坂」であった。僕達バンド・グループの友人である、浅野和典さんの作曲による大ヒット作である。後《のち》、〝トリオ・ロスパンチョス〟はラテン語の詞を付けてステージで唄ったと聞くが、定かではない。

ニュー・エリートメンにレコーディングの話が持ち上がった事がきっかけで、バンド・ヴォーカルを自ら下りる決断をした。僕はあくまでも、ソロ活動が最終目的だったからである。直ぐさま、バンド活動を通して馴染みのあった店〝スリー・キャッスル〟との交渉で、ギターの弾き語りを始めた。ギターは即興で、実践の中で覚えて行ったようなものだった。昼夜問わず、深夜時間までも拘束されていたバンド生活とは違って、太陽《ひ》が明るい内の自由時間が持てたのは久し振りであった。その時間を利用して、オール・マイティーな音楽家を目指し、勉強に励んだ。つまり、歌手とはただ唄う事だけに非《あら》ず、あらゆる角度から、どのようにして一枚のレコードという商品が出来上がるかを知るアーティストになりたかった。終わって見れば、短いバンド生活ではあったが、吸収した内容は実に実のあるものであった。仲間意識の大切さは、個人主義を優先させるアメリカとは違い、〝和《わ》〟の必要性を教えてくれた気がする。「〝和〟のある所に〝笑い〟あり」と言わせて戴こう……これ名言かも？

マルチ人間1　語学

アメリカ育ちの僕は、オール・マイティー人間こそ価値ある人材だと思っている。しかし日本社会は、基本的には細かく分業化されていて、それを縦《たて》の線で管理纏《まと》める事で、一つの業務が成り立つ仕組みになっている。こと会社組織においては、欧米も仕組みにさほどの違いはないかも知れないが、チーム・ワークに対する日本のこだわりには並々ならぬものがあるように思う。平均的な纏まりを重要視するが故に、〝出る釘は打たれる〟のであろう。最近ようやくその感覚も改善されつつあり、特に、目覚ましいバトル展開が見受けられるIT産業革命におけるサイバー・スペース業界では、マルチ人間なるニュー・ジェネレイションが、益々欧米並に必要化され始めた気がする。だが、まだ僕が来日した頃は、何でも自分でやろうとすると、〝冷ややかな視線〟を背中に感じたものだ。決して日本流を批判しているのではない。日本の素晴らしい組織イズムは、アメリカの個人優先システムに打ち勝ち、世界一の経済大国になったこともあるのだから。世界のサラリーマンはこぞって、〝ジャパニーズ・サラリーマン〟を見習うために、その類《たぐい》のマニュアル本を読みあさったほどである。だが、一つの方法が定まると、全てに置き換えてしまうのが日本社会の悪い癖でもあるのは述べておきたい。もっとflexibility（適応性）を持って、物事を考える必要があるのではないだろうか。例えば、レコード業界一つを取って見ても言える。ディレクター、プロデューサー、アシスタント・プロデューサー等々、実に肩書が多い。しかし、アメリカのレコード産業界では、プロデューサーが全責任を取る立場で、これらの役割を一人でこなす。「レコーディング・ディレクターって何？」と、聞かれるのが関の山であろう。そんな肩書は存在しない。従って、レコードがヒットすれば、そのプロデューサーもアーティスト並に脚光を浴びる。失敗すれば、谷底へ突き落とされ、またそこから這《は》い上がるしかない。その緊張感が大物プロデューサーを育てる。日本においては、役割分担が多いため、制作上での失敗に対して、ある意味では、それぞれが責任逃れ出来る仕組みが成り立っている（大手会社の話ではあるが）。それが故に、ヒット曲に対して、その制作担当プロデューサーやディレクターは、アーティストと共に、ゴールド・ディスク受賞者なる脚光スポットを受ける事も無い。ややもすれば、仲間うちで讃《たた》え合うだけの栄光で終わってしまう、ただの自己満足になり兼ねない。しかし、こうした古い体制も、二〇世紀後半には少しづつ左右に揺れ始め、変化が現れたように思う。遅ればせながらも、日本は必ずあらゆる分野で欧米化されて行く……淋しい現実だが、伝統的習慣までもである。そう推測《すいそく》した僕は、他《ひ》人《と》の視線構わず、スーパー・マルチ人間を目指した。

通訳の仕事として海外へ行く機会が多く、今では通訳を通り越して、契約内容や条件までも任せられる仕事もある。知り合いに、映画脚本家の鈴木甲一氏がいる。若き日の森繁久弥先生主演作品の「警察日記」シリーズや、藤子・F・不二雄先生作「オバケのQちゃん」、「パーマン」や「ドラえもん」等の監修も手掛けた人である。甲一氏の紹介で、映画監督、鈴木清順氏用新作シナリオを翻訳する事になった。甲一氏が書いたシナリオは元々日本国内での話であったが、舞台を全てAfghanistan（アフガニスタン）に移して欲しいと言うのだから大変な作業となった。今日《こんにち》あるタリバン勢力との摩擦以前の時期で、その当時は親日家で知られる王国であった。この国の首都カブールにおけるBazaar（バザール、慈善市）は世界的にも有名であり、シルクロードを行き来する商人にとっては、重要な拠点でもあった。日本の約一・七倍（六五万平方キロ）の面積を持つこの国は、紀元前三〇〇〇年頃のアーリア人が、都市の基礎を築いたとされる。タイム・スリップを思わせるほどの美しい遺跡が手つかず状態にあるこの国で、無国籍無時代活劇を撮ろうという狙いだった。おおまかな粗筋以外は、僕のオリジナルとなったが、その理由は、外国感覚が欲しいという、甲一氏の希望からであった。ともあれ、アフガニスタン大使館を甲一氏と訪ね、撮影許可の交渉や、情報を入手し、三ヵ月かけて書き上げた。幸い、大使自身が作家でもあった関係で、驚くほどの関心を見せた。完成後、シナリオを読んで感激して下さった大使は、早速、Mohammed Zahir Shah（モハメッド・ザヒール・シャー）国王にお送り戴いた所、「全面協力をする」との返事が届いた。「国の専用飛行機も、ロケ用に用意する」とまでの歓迎ぶりだった。ところが、この国には飛行機が一機しかない。丁度、当時の皇太子殿下、後《のち》の平成天皇陛下、皇后陛下お二人のアフガニスタンご訪問期間と、僕達の予定していたロケ期間とが鉢合わせになってしまった。同じ皇室でもおおらかなお国柄の違いからか、国王様から、「皇太子御一行と、一緒にどうぞ」と連絡して来たではないか。日本の宮内庁が認めるはずもない。嫌な予感は的中し、そのまま、この映画の話は延期となり、時とともに流れてしまった。と言うのも、それから間もなく、清順監督は一九八〇年に「ツィゴイネルワイゼン」でキネマ旬報ベストワン並びにベルリン映画祭審査員特別賞、一九八一年には「陽炎座」にて引き続き賞をとり、貧乏予算の映画を撮る必要がなくなったからである。挙げ句の果てに、本人は役者にまでなってしまった。何か取り残された気持ちで、拍子抜けがした。

清順監督とは、とても印象的な出逢いをした。まるで大道芸人を思わせる、赤と白の縞々《しま》ハイソックスにknickerbockers（ニッカーボッカーズ）、それにプロ・ゴルファー、ペイン・ステュワート愛用の、一九二〇年代頃流行したゴルフ・ハットをかぶり、駅まで迎えに来てくれた。それも、車輪の小さいハイネック自転車で。まだ五十代ではあったが、監督には失礼とは思うが、七十五歳位かと思うほど老け顔の人だった。監督宅に着くと、清順一家と言われ、石原裕次郎時代を築いたかつての日活映画社の助監督、チーフ・カメラマン等の皆さんが、鍋の用意をしていた。「やっと我が一派に、金に成りそうな人が来たな」と、僕を指して言ってくれたのはTVシリーズ「大江戸捜査網」の監督をつとめ、「ツィゴイネルワイゼン」では俳優としても渋い演技で脚光を浴びた藤田敏八氏だった。映画論に花を咲かせながら、監督や、藤田氏、皆さんと、スキヤキ鍋を突っ付いたのが懐かしい。

語学を生かした仕事（と言っても英語に限るが）に、洋楽制作の仕事があった。菅原洋一さんのお人柄の良さに甘えて、実名で書かせて戴く事にする。NHKテレビ番組「世界のワンマンショー」の企画で、菅原さんがカーペンターズからビートルズ・ナンバーまでを歌う構成が纏《まと》まった。ご本人は言うまでもなく、ラテン語には相当の自信がある。しかし、英語となると……。そこで、〝マーシー〟の登場と相成った。「本人が自信を持てるまで、英語を叩き込んで欲しい」と注文された。依頼する側は簡単に言うが、頼まれる側にとっては、楽な仕事ではないのは言うまでもない。〝白羽の矢〟ならぬ、〝黒羽の矢〟が刺さった思いだった。歌手にとって、キャバレー出演が大きな収入源であった頃なので、仙台、果ては九州まで同行しては、汽車の中、ステージの休憩時間等を利用して猛特訓をした。

さて、その九州だが、面白い話がある。熊本のキャバレー「銀河」で、その日の一回目のステージを終えた菅原さんと、例によって、英語の特訓をしていた。マネージャー達は、側でワイワイと冗談を交わしている。控室のドアがノックされた。一人の男性が親しげに顔を覗かせ、「ヤァ、菅原さん、暫くタイネ！」と握手を求めたので、「あ、どうも、どうも」と、菅原さんも手を差し出した。「次のステージは何時からト？」と男性に聞かれ、一時間後である事をマネージャーが答えた。そうすると、「こんな狭い部屋ではナンですケン、近場に案内しますバッテン、ちょっと出ントネ？」と言ったかどうかは別にして、そのような打診をして来た。言われるが儘に僕も同行し、七人で二台のタクシーに別れて乗り込んだ。着いた所は小料理店で、「好きな物をどうぞ」と言われ、各々バラバラに注文した。飲む者、食べる者、その両方だったりで、賑やかだった。男性も菅原さんを接待して、ご機嫌の様子だった。

普段だと、レコーディングなど歌の途中で、菅原さんに食事をされる事に神経を尖らせるのが、チーフ・マネージャーの内海さんである。その訳《わけ》は、食前と食後では、菅原さんの声がガラリと変わるからだ。レコーディング時は、一枚のアルバムを通して、声質は統一されるのが当然だ。部分的に声質が変われば、とても不自然な作品となる。数年前、体調を壊された事のある菅原さんだが、この頃は、頗る《すこぶる》元気で、脊髄のハンデーを背負う僕としては羨《うらや》ましい限りだった。一〇分もあれば、どこでも熟睡出来る離れ業を持つ人だ。全てにおいて、充実している証拠である。大好きな菅原さんの一面は、物事に対する素直さだ。

しかし、この日に限れば、ライブ・ショーである事で、一回目と二回目のステージを比較して、多少の声質の違いがあろうと、何の問題も無い。ニコニコ顔で食べる菅原さんを、心配する必要のない内海さんだった。「そろそろ時間です」と、マネージャーの一人が急《せ》かせた。男性とはここで別れる事となり、皆でお礼を述べ、「銀河」へと戻った。控室に入り、着替えの支度をしながら、「ところで、あの人誰?」と、菅原さんがマネージャー達に聞いた。全員驚いて、「エッ、菅原さんの知り合いじゃないんですか?」と、まるで、コーラス・グループの如く一斉にハモッた。

当初は、英語の発音に苦手意識を持っていた菅原さんも、今では、スタンダード・ナンバーを好んで歌ってくれる。お蔭で、英語の曲をレコーディングする際には、よく菅原さんからお声が掛かるようになり、クリスマス・アルバムではコーラス参加もつとめた。

プライバシーの問題上、指導をしたその他のアーティスト名やエピソードは、伏せておく事にするが、本当に多くの指導機会を頂いた。

プリンス・ホテルを拠点にしての歌手生活は、まるで一日四八時間並で、時計の針が超スピード回転をしているかのような、目まぐるしい忙しさだった。結果的には、これが非常に良い経験として身に付いていた。辛さを〝辛い〟と言ってしまえばそれだけで終わってしまうが、貴重な経験として解釈すれば、血にもなり、肉にもなる。従って、それからの仕事が何であれ、隣の人が忙しさに目を回しても、多少の余裕を持って対応出来るほどだった。ただ単に、我武《がむ》者羅《しゃら》だっただけかもしれないが、一つの事に夢中になれた良き時代である。ひたすら歌に励む、無邪気な〝夢殿色《ゆめどのいろ》〟青春期であった。

マルチ人間2　制作業

歌手として、レコーディング・デビューの話もない訳ではなかった。しかし、石橋を四、五回叩いても渡らない程慎重である僕はただ頑固なだけかも知れない、「まだまだ人様にレコードを買って戴くほどのレベルではない」と、自己評価を下した。僕にとってレコード歌手というものは、ジョニー・マチスやバーバラ・ストライサンドを意味するものだった。当然、歌手への評価は聞き手の好みで決まる。従って、〝上手《じょうず》〟も〝下手《へた》〟も基準には様々《さまざま》な見方があろうが、芸能ビジネスという仕組みの裏にあるお祭り行事には、僕には関心がさほどなかった。下手でも、出たい人がいて、それを出したい者がいるならば、それも良かろう。だが、〝自分に厳しく〟は、あくまでも、自分のためである。

いざ、自分で自己評価出来るまでの修行を積み重ねたところで、売れる保証はおろか、その時点で、デビュー出来る確証すら勿論無い。回り道となるか、確実性へのガイダンスとなるかは、神様しか知らないが、ともかく、レコード・メーキングの舞台裏を習得しようと、制作業界へと一歩踏み出す事にした。

まずはコーディネーター

ポリドール・レコード（現ユニバーサル・ミュージック）は、菅原洋一さんの所属レコード会社である理由から、馴染み深く、僕にとっての制作マン回想録はここから始まる。いや、今日《こんにち》の竹大和に繋がる、全ての出発点である。知人に多く恵まれたお蔭で、ポリドール社において、部外者でありながらも仕事を戴けた。やはり、英語力を評価されての仕事内容からであった。僕も、既《すで》に一端の社会人になっていたので、ここからは、自分を〝私〟と表記する。私が尊敬する日本のプロデューサーに、多賀英典氏がいる。小椋佳さんや井上陽水さんの育ての親である。多賀氏は、私が英語指導させてもらった菅原さんのクリスマス・アルバムを担当したディレクターで、その時からのお付き合いである。この人のお蔭で、私は幾つかの貴重なレコーディング経験をさせてもらった。

アメリカでの海外レコーディングが、それであった。アメリカ人は合理主義だから融通《ゆうずう》はきかないと、思い込むのは間違いである。自己表現を苦手とする日本人は、お金は出しても、意見は出さない。その文化的習慣のギャップが、誤解を招く。要求内容を伝えなければ、相手がさっさと帰ってしまうのは当たり前である。両国の文化や気質を知る私に最も適した役割だったのが、レコーディング・コーディネーターであった。間に立って、日/米双方スタッフによる、意見の違いをまとめて行く。ただ単に、オウム返しに直訳するだけでは、文化のギャップがもたらす問題が生じる可能性もある。そこで、両者の言いたい心の内を、心理的に先読みして、中間ポイントに焦点を合わせて行く。すると、「思ったより話が分かる連中だ」と互いを評価し合い、和《なご》やかになる。だが、その陰の苦労は言うまでもなく、気疲れでヘトヘトになるが、そのための役柄だから当然でもある。何よりも、仕事がスムーズに捗《はかど》ると一番嬉しかった。

多賀氏、アレンジャーで元モップスのリーダー星勝《かつ》氏一行とで、小椋佳さんのアルバム「夢追い人」のレコーディング準備のため、ロスアンゼルスへと飛んだ。多賀氏にはペルシアン・ブルーの空の下で、これまでの小椋サウンド・イメージをガラリと変えたい、そんな発想と狙いがあった。イメージ・チェンジは見事に成功した。

スタジオ入り時間は朝の一〇時から、夜は二一時迄で、日本のように夜間遅くまで続くレコーディングは遂行しない。これは Musicians Union（音楽家ユニオン）と言って、ミュージシャンによる〝労働組合〟による健康管理規則法に依るのである。アレンジャーの星さんは翌日のレコーディング用編曲を、夕食後でないと始めない。従って、出来上がるのは夜中の午前二、三時頃である。諸々の雑用整理もあり、私は寝ずの待機状態で仕上がりのコールを待つ。連絡を受けると、完成した score sheet（編曲譜）をもらい受けに行く。星さんは一眠りとなるが、私にはこの譜面を Copyist（写譜屋）に手渡し、打合せをする作業が待っている。つまり、一〇時のレコーディングに合わせ、楽器別に譜面を起こしプリントさせる訳である。各曲毎に歌詞を入れる作業もある訳だが、白人写譜屋には日本語の詞は分かろうはずはない。そこで、一つ一つをローマ字で書き、分割場所を教える。作業を終える頃、時計は既《すで》に朝の六時を回っている。この操り返しが一週間続き、一日平均一、二時間の睡眠（眠ると言うよりは、目を瞑るだけの時間）だった。夕食後は酒を飲む人、眠る人とまちまちで、その人達が羨《うらや》ましくも思えたが、酒も飲めなければ時間もない私には、疲労への特効薬はなかった。「イヤ、ハヤ、大変だった」位のぼやきは許してもらいたい。

日本を発つ前に多賀氏より、「一行には旅行者もいるので、まとめて宜しく」と頼まれた。締めて一二人程の足回りを車一台、つまり、カリフォルニア・ドライバーライセンスを所持する私一人に頼るしかなかった。レコーディング時間前までに各々観光目的地へと送り届けたり、レコーディング中に迎えの要望コールもあり、止むなくランチ・タイムを犠牲にして出掛けた事もあったっけ。そうそう、本には書けないハプニングの数々も、ちょっとした悩みの種だったが、それは内緒。これらの苦労話について多賀氏は知る由もないが、何はともあれ、かくしてレコーディングの最終日に漕ぎ着けたのだった。多賀氏のずば抜けたプロデュース能力と、小椋さんの持つ、包み込むような温かい世界によって完成されたこのレコードは、LPにも拘らずミリオンセラーとなった。この人達の制作に参加出来た経験は、とても光栄だった。気だるいロスの昼下がりに、青い空の下、のんびりとホテルのプール・サイドで一眠り……これはロス入り前に描いた願望だったが叶うことなく、帰りの機内で久々の深い眠りに着いていた。

過酷なバンド・ヴォーカル時代の経験同様、〝苦労は若い内に買ってでもしろ〟は必要だと思う。このような試練を克服すれば、後《あと》は、いかなるレコーディング状況も怖くない。その上、要領も相当良くなる。寧《むし》ろ、この時が初めての海外レコーディングだけに、幾ら一所懸命自分では努めたつもりでも、無駄な空回りをしていた可能性もあったのではないだろうか。何事も、反省すべき所があれば、反省をしたい。「禍《わざわい》を転じて福となす」とも言うが、そのせいだろうか、その後依頼を受けたレコーディングは比較的順調に事なきを得るケースが多かった。いずれにせよ、仕事は何事も、大小の課題はつきものである。

晴れてディレクター

海外レコーディングのエピソードを拾い集めれば、それだけで一冊の本が書けてしまう。その中から、もう少し珍事をかい摘んで見るとしよう。Irene Kelly（アイリーン・ケリー）、この人はＭＧＭ映画社系列で、今は存在しないＭＧＭレコードの制作管理部局長だった。多賀氏との仕事で知り合えた友人である。彼女のお蔭で、知る人ぞ知る、世界有数のKendun Studio（ケンダン・スタジオ）において数々のレコーディングが実現した。そのスタジオ設備もさることながら、所属エンジニアが優秀揃いで、スティービー・ワンダー、トム・ジョーンズ、クィンシィー・ジョーンズ、ポール・マッカートニー、ダイアナ・ロス、バーバラ・ストライサンド等、数え上げればキリがないほど多くのビッグ・アーティスト達がレコーディング日程の順番待ちをしている。あのポール・マッカートニーでさえ、三ヵ月待ち状態であった。

宮前ユキさん（後は親しみを込めて〝ちゃん〟付けとする）は、日本のカントリー・ウエスタン・ジャンルにおいて、カントリー・クィーンの異名を持つシンガーである。ユキちゃんが熱望したロス・レコーディングについて、ポリドール・レコード社より相談を受けた。その課題は、何と言っても低予算だった。ユキちゃんのプライドのために説明すると、予算は元々海外レコーディングではなく、国内制作として会社より既に企画処理されていたからである。私に相談する事で、ひょっとして「どうにかしてくれるかも……」程度の、〝駄目元《だめもと》〟的打診に過ぎなかったに違いない。編成次第ではあるが、日本でのカラオケ用ミュージシャン費用は、アルバム一枚平均（フル・オーケストラの場合）一二〇～三〇万はかかる。最近のように、〝打ち込み〟と言って、自宅のコンピューターによる音作りではなく、analog（アナログ）レコーディング、つまり、アコスティックサウンドの手作業で、時間と体力を必要とするものだからだ。それを、延べ四名分の飛行機代、現地での交通費、宿泊費、食事代、スタジオ代（日米問わず、最も予算の掛かる部分）、エンジニア代、コーディネーター料、ミュージシャン料、ミュージシャン組合（Union）費全て込み価格として、確か三〇〇万円予算でのプロデュース依頼だった。低予算で良い仕事をするのも、プロデューサーとして腕の見せ所である。増して、自分の力がアメリカでどこまで通じるか試して見たいチャレンジ精神から、引き受ける事にした。ディレクターの原沢智彦君（古い友人）、ポリドール・レコード社より遠藤正志プロデューサー、ユキちゃん、そして私との四人で、ケンダン・スタジオへと乗り込んだ。

ＭＧＭ社のケリー女史を説得して、ケンダン・スタジオを強引に抑えることが出来た。このため、ポール・マッカートニーさんから三日程スケジュールを奪う結果となり、迷惑を掛けた。ご本人には「機材点検のため」と、スタジオに嘯《うそぶ》いてもらった。余裕綽々《しゃくしゃく》で臨《のぞ》む海外スーパー・アーティストにとって、数日間の休みは大して気にもならない様子だったので、運良くスタジオ〝ブッキング〟（拘束）に成功した。残りの必要時間は、ユニオン規制によりスタジオ使用が禁止されている、深夜遅くを使用する事とした。使用しようとしまいと、"block out"（ブロック・アウト）と言って、二、三ヵ月単位でスタジオを借り切ってしまうのが、海外アーティスト達のやり方である。スティービー・ワンダーに関しては、六ヵ月間借り切ってしまう。その間、使用しない時間を足すと、丸二ヵ月分にも及ぶらしい。スタジオ側にしてみれば六ヵ月分支払ってもらう訳だから、大歓迎である。こうした予算の使い方が出来るのは、世界のスーパー・スター故ではあるが、誠に羨《うらや》ましい限りだ。この頃の日本では、前日から次ぎの早朝に掛かるハード・スケジュールは、ごく当たり前の光景だった。だが、先に述べた通り、アメリカでは健康状態を重要視するため、朝の一〇時から、夜は遅くて二一時までと、ユニオン組合によって定められている。編集作業は別だが。組合職員が各スタジオを巡回し、こうした時間帯を守っているか、目を光らせる。違反と見做されるレコーディングが発覚すれば、ミュージシャン、エンジニア、並びにスタジオ経営者には、組合会員としての免許停止と罰則金が課せられる。参加者にとって私たちへの協力は、正に、職業と将来を懸けたビッグ・リスクである。業界での名声を欲しい儘にするスーパー・スタジオとしては、マッカートニーが支払うスタジオ予算の三〇分の一にも満たない予算で傾《なだ》れ込んだ日本人プロデューサーに、ここまでリスクを覚悟で協力してくれるには、余程なにかを感じてくれたのだろうか……。感謝すると共に、頭が下がる思いだった。やる気と誠意を示せば、日本人には理解しがたい程、協力的な性質をアメリカ人は持っている。

順調に進んだレコーディングも、残す所後《あと》わずかまで漕ぎ付けたある日、夜食を買いに出掛けてくれたアシスタント・エンジニアのBob（ボブ）が、正面玄関の鍵を掛け忘れていた。外観からは中の様子が分からないように、スタジオルーム内を除く総ての照明は、当然ながら消灯されていた。非常用のガイド・ランプが薄暗いホールを灯すだけ。だが運悪くユニオン組合員が入って来てしまった。我々日本人スタッフには、「この人誰？」と言う感覚しか無かったが、スタジオ内にいる残り全員は一瞬に蒼ざめてしまった。直ぐさま、ケリー女史は組合員をホールに連れだし、一五分も話をしていただろうか……。再び、レコーディング室に戻りこう言った、"Everything is O. K."（全て大丈夫よ）どのように話を纏めたのかは、今でも謎である。元々無理を通して頂いた故のハプニングなので、気が引けて聞くことは出来なかった。

こうしたドタバタの中、ユキちゃんのジャケ写真を撮影しようと、ロス郊外へとドライブに出掛けた。カントリーシンガーに相応しく、Calico Ghost Town（キャリコ・ゴーストタウン）へと目指したが、道を間違えたのか、迷い断念した。戻る途中、雰囲気ピッタシの牧場を見つけ、撮影許可を願い出た。牧場主の陽気さと好意に甘えて、撮影のみならず、馬にまで乗せて頂いた。「オレは北海道育ちだから馬には慣れているけど、マーシー達には無理だろうナァ。乗馬って難しいんだョ。気に入らないと、ゼッタイ動かないからネ」と、自信ありげに言った。それでは、お手本にと、エンちゃん（遠藤氏）が乗ったのだが……これが、いっこうに動かない。これを見ていた隣の原沢君（ディレクター）が、「馬面のエンちゃんに乗られて、馬が気を悪くしたんだヨ、キット」と言った。因みに私が乗ると、パカパカ歩いてくれた。やはり、馬も人を見る？

レコーディングも無事終了し、ロスの空港でエンちゃんが、「マーシーのお蔭で、予算が余っちゃった。お土産でも買って帰ろうか」と喜んでくれたが、これはポリドールにはオフ・レコ（内緒）としておこう。私は皆を空港まで見送った後《あと》、ケンダン・スタジオへ戻ることにした。数々の協力に対し、感謝の意をオーナーに伝えるためである。

スタジオ・オーナーはMr. Kent R. Duncan（ケント・R・ダンカン氏）で、スタジオ名であるケンダンの由来はここにあった。自ら、映画〝スター・ウォーズ〟のサウンド・トラックや、スティービー・ワンダーのアルバム〝インナー・ビジョン〟に際してレコーディング・エンジニアリングを担当し、見事、栄誉あるゴールド・ディスクを受賞している。彼は私と同年齢で、誕生日も二日違いの、同じ二月である。なんら偉くもないのだが、私の方が二日先輩で、優っていたのはこれ位と言うのもチョット淋しい。私は常に、真のマルチMusic Man（音楽人間）を目指していたのは先にも述べた通り、従って、ダンカン氏の関わるスタジオ業界には、大きな関心があった。日本での役割分担作業は、避けられないポリシーである。ならば、各分野における作業内容をそれぞれ理解しておけば、今後は何を、どこまで作業スタッフに対して要求可能かを把握出来るバロメーターになるだろう。完璧な大悟徹底は無理としても、せめて努力はしたい。その道の専門とは言え、エンジニアの人達は大変なレコーディング知識を必要とする。例えば"photographic sound reproducing head"（光化学再生ヘッド）とは何か？　このような専門用語や、その仕組みに関する豊富な知識には驚かされる。早い話が、光学再生機において光学録音された信号を、電子信号に変換する再生ヘッドのことである。こうした知識を少し自分も持つことで、エンジニアの人達とのコミュニケーションを深められると考えた。制作者、一人一人が持つ様々な個性を、音という、目に見えない波動を相手に形作るのは容易ではない。感性の世界だから、なおさらである。私達制作プロデューサーの要望に応えるため、複雑なmixing console（録音機材）を扱うエンジニアの苦労を知る必要性を感じたのである。神経を尖らせ合って創る音からは、人の心を打つハーモニック・エネルギーは生まれない。音楽とは、ヒーリング・バイブレーションであるべきだと思っている。

ケント（友情を込めて、こう呼ぶ）と、昼食をとりながら話が弾む、ロスの昼下がりだった。一九〇センチはあろう大男と比較して、小柄な私との会話で判明したのは、お互い尊敬し合っていることだった。同年齢でありながら、既に、その名を世界に知らしめすほど成功をおさめた彼を、私は讃えざるをえなかった。彼も又、別段大した実績もない私だが、スーパー・プロデューサーとして捉えてくれていた。それが、エンちゃんからの低予算と、短い日程でのドタバタ強行レコーディング依頼のお蔭というのも、皮肉なもので、何がプラスするか分からない。

「アメリカ人感覚としては、今回の貴方のような短期間でのアルバム作りは、絶対出来得ない作業だ」と、ケントは感心頻《しき》りだった。本心は、低予算でレコード制作をこなしてしまう能力に驚いたのだろうが、こちらに気を遣ってか、口には出さなかった。ともあれ、私は協力して戴いたお礼として、ロスでのレコーディング計画を図る日本の制作者達に、ケンダン・スタジオの推薦をする約束をした。その結果、私の事業の一環として、当スタジオの日本総代理店を依頼され、つとめる運びとなった。日本に戻ると、海外レコーディングの経験話を聞かせて欲しいと音楽業界専門誌にインタビューされ、お蔭で、スタジオの宣伝効果は抜群であった。その結果、本来の制作業のみならず、山口百恵、ピンク・レディー、狩人、カルメン・マキ、水越けいこ、森園勝敏、竹内まりや、庄野真代、五輪真弓、風、北島修さんら、多くのアーティストによる、ケンダン・スタジオでのレコーディングが決まり、スタジオ・プロモーションを通してのブッキングへの貢献や、コーディネーション業へと発展した。わずかな時間ではあったが、ケントとは、海を越え、厚い友情へと展開したのである。固い握手を交わし、ロス空港から一路、母が待つサクラメントへと向かった。少年の頃味わった光化学スモッグも今はなく、ロスの空は私の未来を祝うかのように、一段と晴々しく青く、爽やかな日差しに見送られロスを後にした。フライトのなかで、早く母の笑顔に触れたくて、久し振りに胸を踊らせていた。

IX　スタジオ・パイオニア

ケントはスタジオ設計者、トム・ヒドレー氏の総代理をつとめていた。ヒドレー氏とはケンダン・スタジオを初め、ホワイト・ハウス・プレス室やロンドン・ピカデリー劇場の音響コントロール・ルーム等を手掛ける、世界的音響設計家である。日本市場に進出を図りたいとの依頼で、私が日本総代理店となった。苦労話は長くなるので据え置くことにするが、新しい物を受け付けてもらうには、目に見えない文化の壁を克服しなくてはならない大きな課題がある。

元々、私はピューリタン精神を持って日本に来たのであるから、音響設計なる新たな分野での開拓者になる決意に燃えた。「日本は、外国と違って三味線一本のレコーディングだってあるから、外国人感覚を持ち込んで設計しても無駄だ」と、訳の分からない理屈を付けたがる人が多かった。正に、無意味な屁理屈である。外国だって、繊細な音色を持つバイオリン一本や、ピアノだけのレコーディングだってある。条件は、同じだ。外国のものだというだけで、一度は屁理屈を付けて牽制するのも日本企業の特長である。米国において、日本人、あるいは日本の伝統文化が受け入れられ成功する理由に、良いものは素直に良いと認めるというアメリカ気質があるからだ。その中でさすがだと感心したのは、世界のソニー社であった。日本的表現をすれば、〝何処《どこ》の馬の骨か分からない〟私とケントを受入れ、ヒドレー設計説明会のためのアポイントメントを設けてくれた。その二年後、総工費二三億円にのぼるアジア最大、かつNo.1の録音スタジオ、CBSソニースタジオが信濃町に完成した。一つのショールームが実現すると、瞬く間にヒドレー・スタジオの設計注文が舞い込む事となるが、これも日本の特徴である。スタジオ造りは音作りと違い、時間が掛かる。音響設計の知識をも多少得た私には、これ以上関わる必要なしと判断し、代理権を他社に譲った（勿論、無償で）。個人的に投資した時間と金額は計り知れないが、三年間でスタジオ設計関連に費《つい》やした費用は、同時進行で手掛けていたレコード制作印税から賄っていた。

数えきれないほど足を運んだケンダン・スタジオだが、その内の二回は、三浦正《ただし》先生率いる、日本電子専門学校の仕事であった。未来のエンジニアを目指す学生二六名程を引き連れての研修旅行だった。教育目的ともなれば、我が身もしかることながら、アメリカ人はやたら協力的になる。スタジオ代理店である私の依頼が最大の理由ではあるが、破格な安値でケンダン・スタジオを使用することが出来た。ミュージシャンに至っては、一流ジャズ・マンであったが、やはり半額以下で引き受けてくれた。当時の学生諸君の何名かが、今日《こんにち》スタジオや放送局で活躍してくれていると思うと、良いお手伝いをさせて戴いた喜びを感じる。そう言えば、余談ではあるが、随分《ずいぶん》お逢いしていない三浦さんが気にしていた後頭部の後退も、一層進んだであろう……。その他、ヒドレー・スタジオ見学を目的とした海外ツアー費は、総て私持ちだった。CBSソニー・スタジオを含め、手掛けたスタジオ建設の総合費用より2~3%をコーディネート料として戴いていれば、結構纏まった報酬になったかと思うが、私は一円足りとも要求しなかった。正に、「エー、お笑いを一席」である。新たな知識を得る喜びが先立ち、〝損得〟の計算が出来ない私は、これからも変わることはないであろう。俯仰《ふぎょう》天地に愧《は》じずの思いではあるが、この自分への反省は、他人に対して恥ずかしいものでない点が救いである。スタジオ知識を得るために少々高い授業料を支払ったので、この当時は、温暖なカリフォルニア・ブルーならぬ、懐《ふところ》は些か寒い〝藍《ブルー》〟であった。

ロスアンジェルスにて左から土岐英史さん、松岡直也さん、著者

どうしても書いておきたい海外レコーディング・エピソードに、ピアニストであり作／編曲家である松岡直也さんとの触れ合い旅がある。フュージョン・ミュージック・シーンにおいては、日本の第一人者であろう。こうも第一人者を連発すると、些《いささ》か安っぽく聞こえるかも知れないが、それぞれをお調べ戴けば、私の使う〝第一人者〟の格付けは、かなり重いものとご理解戴けると思う。彼は、日本の音楽シーンにおいて、神様的存在と言っても過言ではない。一本の電話から、この話は始まる。ディスコ・メイト・レコード社というTBSテレビ系会社（現在無し）からであった。笛木征治制作プロデューサーからの依頼で、共同プロデューサーとしてのロス・レコーディングに参加する運びとなった。ソプラノ・サックス奏者で、作曲家でもある土岐英史さん（この人は紛れもなく、私の個人的趣味では、No.1ソプラノ・サックス・プレイヤーである）との、四人旅となった。それぞれが大人で、その上、私を除《のぞ》いては、各分野において超一流である。このレコーディング程順調に進行し、心の余裕を持って制作に打ち込めたレコードはなく、大人同士とはこういうものかと改めて感じ入ったものだった。

休憩時間には、ジョン・デンバーのためにケンダン・スタジオが買い揃えたと言うピンポン台で、全員ゲームを楽しんだりもした。レコーディング後の松岡さんと土岐さんは、頓《ひた》すら将棋を楽しむのが日課だった。その間《かん》、笛木さんはカリフォルニア・ワインを楽しんだり又、私と二人でバイオリン・セクション・リーダーのビル・ヘンダーソン夫妻とテニスのお手合わせ等をした。当然、我々の勝利であった。小高い丘に立ち並ぶ一軒の閑静なコンドミニアムが、我々の宿泊場所だった。住民でもない私達が特別に短期間借りられたのは、友人、ビル・ヘンダーソンの口添えがあったからである。あの、Warner Bros.（ワーナーブラザース）スタジオを見下ろし、Universal（ユニバーサル）スタジオや晴嵐《せいらん》の San Fernando Valley（サン・フエルナンド・バレー）を望む位置に当たる部屋は、正に、絶景であった。ある日、薄暮《はくぼ》の敷地内をジョギングして、一汗かいた。プールサイドに設けられたジャグジーに浸かり、一人で夜空の星を眺めていると、白髪《はくはつ》の老人が入って来た。失礼だとは思ったが、見覚えのある顔についつい見入ってしまった。すると、ニコッと笑みを浮かべ、"Hi!"（こんにちは）と挨拶してくれた。ヘンリー・フォンダ主演作品で私には、主役よりも印象に残っていた俳優であった。どうしても名前を思い出せない事に苛立《いらだ》ちを感じながらも、そっとしておこうと思った。

過去の栄光を纏《まと》い、忘れ去られる運命に怯《おび》えながら孤独に生きる往年のスターは、映画の町ハリウッドなればこそ、たくさん居ると思う。この人も又、銀幕から遠ざかって、恐らく何十年にもなるのだろう。だからこそ、名前を呼んで、挨拶を交わしたかった。それが、礼儀であったろうに……。思い出すまで考え込むのは昔からの癖で、"Never give up"である。その夜、ベッドの中でやっと判明した彼の名は、Dana Andrews（デナ・アンドリュース）で、日本でも、懐かしの名作映画集に時折登場する俳優である。朝の爽やかさをイメージして制作したアルバム「パシフィック・ジャム」ではあるが、このアルバムを聞く度に、ハリウッドの丘からアンドリュース氏と眺めた満天の星空が思い出され、私にとっては、〝ノクターンの調べ〟になってしまった。

参加したミュージシャンは、アメリカ人のスタッフに「これだけのメンバーが一同に揃うのは、珍しい」と、言わせた程のスーパー・ミュージシャン（と言うより、一人一人がスーパー・アーティスト）ばかりであった。その人達をも唸《うな》らせる演奏を披露したのが、松岡さんと土岐さんである。"Pacific Jam"（パシフィック・ジャム）、このアルバムは私が最も気に入ったアルバムの一つだ。この時ばかりは、〝気だるいロスの昼下がりに、青い空の下、のんびりとホテルのプール・サイドで一眠り〟が実現した、有り難いレコーディングだった。

XI　夢との遭遇　2

一枚の絵

制作ディレクターにとって、ライフ・ワークとして取り組めるテーマに巡り逢えたならそれはとても幸運な人である。テーマは向こうから歩いては来ない、探し当てるものである。それが何であるかを捜し出すのは、私にとっては宝くじを当てる確率に近いものだった。その〝何か〟に思い悩む中、私はあるレコード・ジャケットの挿絵を思い出していた。小学生の頃、母から借りては見入っていた、コロンビア・レコード「日本歌謡史」の三枚組がそれであった。母亡き今は、想い出の形見となってしまった、大事な夢綴りである。好んで、レコード鑑賞をする母ではなかった。いや、母にとってはそのような心の余裕を持てない時代だっただけかも知れない。しかし、激動の戦前、戦後を、日本で暮らした事のある日系二世の母が、その頃耳にした歌を懐かしんで買ったのか、母にとって唯一の音盤であった。レコード・ジャケットの表紙には、大正時代に流行《はや》ったカフェの女性を描《えが》いた、竹久夢二の絵があった。エプロン姿の女性の瞳……「目は口ほどに物をいう」の諺《ことわざ》があるが、正に夢二は、描く女性の円《つぶ》らな瞳に、彼からの秘めたメッセージを描《か》き込んだように思えてならない。母が大切にしていたレコードを飾る、この挿絵が、竹久夢二との初めての出逢いだった。腰に二挺拳銃を携え、"Shane"（シェーン）の如く、〝荒野〟ならぬ、近くの公園を駆け巡り遊びにあけくれていたマサシ少年の瞳を、何故にこれほどまで一枚の絵が捕えたのだろう？　中身のレコードにはさほどの興味も持たず、時折取り出しては、挿絵の鑑賞に浸《ひた》る自分がいた。夢二の名前など、勿論、知る由もない。幼くして離れた串本の町とは何の共通点も見られない絵だが、薄れかけていた日本への郷愁めいた感情が、秋空を染める夕映えの如く、小さな胸を染めたのであろう。今にして思えば夢二の絵は、未来への道標を私に語りかけていたのだった。

時は少々遡るが、一九六四年前後のアメリカにおける日本ブームに煽られ、私は、サクラメントでただ一件の日本製品専門の雑貨店「よろず屋」で、日本のレコードを買い求めた。運命の〝導き〟はこの瞬間から始まっていた。田舎町の店とは言えそこそこのレコード枚数が陳列されていたが、その中から、私が見た目で選択したのは演奏物で、タイトルは「宵待草」だった。お気に入りの夢二絵で飾られたレコードならば、選択に何の不思議もないのだが、その選んだレコードは〝宵待草〟（正式には〝オオマツヨイグサ〟と言い、アカバナ科の越年草）の黄色い花が三輪華麗に咲いた写真であった。ましてこの頃はまだ日本語で書かれたタイトルを読める知識もなく、読めたとしても、この時点で詩人夢二と画家夢二の結びつきを悟る術もない。

大人となり、レコード制作なる職業に携わる縁で、再び〝夢二美人〟と言われる絵と再会したのは、ポリドール・レコード社制作部に置かれたレコード・ジャケットを目にした時だった。夢二独特の絵は直ぐ私の脳裏で、サクラメントの我が家で見入った母のレコードとリンクした。表紙絵画：竹久夢二とクレジットを記された中に、「宵待草」作詩：竹久夢二の名を見て、ようやく、好きな画家と、少年の頃好んで聞いた演奏曲「宵待草」の作詩家が同一人物である事に気が付いた。目に止まったそのレコードは、ダーク・ダックスによる抒情歌を集めたレコードで、我々は〝学芸物〟と呼んでいる。業界で言う所の〝売れ筋物〟ではなく、〝世に残すため〟の作品仕上げになっている。その種のレコードは、有線放送、各TV／ラジオ放送局用の必要資料を目的とした作品作りが多い。当時から、校歌や抒情歌は、さほど売れるものではなく、一部のマニアックなファンにノスタルジーを提供する作品であった。フォークソングを凌ぎ演歌やムード歌謡曲と言われる、今の若い世代には馴染みなきジャンルが全体的に売れたのは、高度成長期の六〇年代から八〇年代までで、言わば、レコード全盛期であった。オイル・ショックに始まり、貸レコード産業進出によるレコード業界低迷期の今日は、まるで想像も付かない頃だ。夢二を通して抒情歌に惹《ひ》かれる中、古い物を古い形のまま出したのでは、若者の心は掴《つか》めないのでは……と思った。ましてや、演歌からフォーク、そして、ニュー・ミュージックへと音楽革命に揺れ動き始めていた時代でもある。表現の自由は結構な事ではあるが、この頃から、既《すで》に乱れ始めていた日本語の歌詞に、不安を抱かずにはいられなかった。私は、ノスタルジーの世界に新鮮さを感じその救いを、夢二の時代に求め始めていた気がする。それらを新しい形で再発表する所に、求めていた、〝何か〟を見た。

「宵待草」の曲が挿入されているアルバムは、まずもって、「宵待草」がタイトルになるか、あるいはレコードの帯に強調してアピールされているケースが多い。これ程までに有名な歌曲の詞を書いた作家にも拘らず、夢二の名前は他曲に見当たらない。何故だろう？　この疑問から、私の音楽旅《ジャーニー》は新たなる一歩を踏み始めた……夢との遭遇《であい》を求め。

茶飲み友達

私におやじさんを紹介してくれたのは、鈴木甲一氏である。ある日、東宝本社地下の喫茶店で一緒にコーヒーを飲んでいた。鈴木先生を見かけて我々のテーブルへと挨拶に来られたのは、田宮二郎さんと三國連太郎さんだった。思わず敬意を表して立ち上がろうとしたが、一瞬の出来事でタイミングを外し、失礼したままの私だった。私へは、序《ついで》の挨拶ではあるが、嬉しかった。改めて、今一緒にいるこの人は、そんなに凄い人だったのかと思ったが、それもその時だけだった。と言うのも、奢《おご》りがなく、誰にでも同じレベルで話が出来る、物書き特有の好奇心旺盛な〝オジサン〟であるからだ。〝私は偉いんだよ〟と、感じさせない方である。談話の中で、夢二と言う詩人画家への思い込みを話すと、「夢二の息子なら知っているよ」と、軽く言ってのけた。驚きであった。余りの私の熱意に打たれてか、紹介してくれる手筈を取ってくれたのは、その数日後の事だった。「難しい人だよ」は、彼からの助言だった。

竹久不二彦氏を、私は、〝おやじさん〟と呼ぶ。そう呼ぶと、ニコニコと笑みを浮かべてくれる。陽光麗《うら》らかな初春に、おやじさんと京王プラザ・ホテルの喫茶室で逢ってから数日が過ぎた。捉《とら》えるつもりであった夢二なのに、日に日に、私は〝夢二〟の囚人《とらわれびと》になっていった。〝夢二〟の絵、詩、そして生きざま——そのどれもが私を囚《とら》えた。まるで、情念に刻みつけていた美少女にでも逢ったかのようなときめきが走る。夢二に関する書物は、充分に感動を与えてくれた。しかし、これらは、書く人によって色付けされた夢二像が見え隠れする。十人の作家が書けば、そこに十色の〝夢二〟がある。私はおやじさんを通して無色透明、あるいはキャ

竹久不二彦氏　洗足池にて

ンバス色である、白の夢二色を伝えたいと思う。夢二の囚人《とらわれびと》である私も又、心掛けをよそに、自身の思い込み色で染めてしまわないとも限らない……。その節は、私がこれから綴る、おやじさんから聞いた夢二話の部分だけをご記憶に留めて戴きたい。父親としての夢二、家庭内での夢二、おやじさんしか知る事のない夢二……真実の〝人間夢二〟を、である。その上で、最終的に読者の皆様が何色をもって新たに夢二を染めようと、おやじさん曰《いわ》く「いろんな夢二像があってもいいじゃないか」である。

　A型血液としては、事細《こま》かに出来事をスケジュール帳に書き込む。だが、このような本を書く機会があろうとは夢にも思わなかった私は、引っ越しをする度に、スケジュール帳を古い順に捨ててしまった。とても残念ではある。従って、知る限り、情報は正確にと心掛けるが、明確な日時や日数までは覚えていないものもある。そのようなアバウト情報があることをお断りさせて戴きたい。竹久不二彦氏にお逢いしてから一週間はたったろうか、架電してみた。無口な印象が残る人だけに、電話だと益々会話もなく、ただ沈黙の中に電話回線の空気音だけが耳の中でザワ付く。取り付きようのなさに、焦りを感じざるをえなかった。さほどの進展もなく、電話を切った。それから二、三日経ったろうか、電話のベルが鳴り響いた。「貴方、甘いものは好きですか?」「ハイ」「では今度、新橋にあるケーキ屋さんに案内しましょう」「有り難うございます。是非、ご一緒させて下さい」……。初老の画家と、弱冠《じゃっかん》二十五歳で、春秋に富む駆出しのレコーディング・ディレクターとの、熱き友情の始まりであった。

二人の喫茶店巡りは渋谷、新宿、五反田から、浅草へと広がる。お酒の飲めない私に遠慮していた不二彦氏も、機会が増えるにつれ、茶飲み友達から一歩前へと心が変化していった。新橋界隈の居酒屋通いが次第に増え、夢二の話を時折聞かせて貰いながらの、夕間暮《ゆうまぐ》れ談話が重なる。当然、親しくなるに連れ、私事話も交わすようになっていった。聞けば、実の子供がいない不二彦氏と、実の父親を知らない者の組み合わせであった。不二彦氏は、実兄で、長男の虹之助《こうのすけ》氏亡き後、一人娘である、竹久みなみさんを引き取る。又、友人、辻まこと氏の忘れ形見である、竹久野生《のぶ》さんを養女に迎えている。みなみさんは、染色を中心としたデザイナー／画家である。血は争えないもので、彼女の芸術性の高さには驚く程のものがある。穏《おだ》やかな性格は、竹久家特有の血統なのだろうか、とても安らぎを感じる方達だ。野生さんは、一九六八年よりコロンビア共和国の首都ボゴタに移住し、コロンビア国立大学芸術学部美術科を卒業した画家である。とても養女とは思えないほど、あらゆる面で、不二彦氏に良く似ている。ゆったりとした性格は、お二人とも、余程愛情一杯に育てられたのであろう。竹久家が純粋で、心温かいのは、芸術一家である所以《ゆえん》かも知れない。

不二彦氏の幼馴染みに、あの映画「羅生門」で知られる、俳優森雅之さんがいる。夢二の膝の上で遊んだ一人と聞いたような気がするが、これに関しては記憶が定かではない。いずれにせよ、幼馴染みには違いなく、「彼が生きていれば、貴方の力になってくれたのにネ」と、時々漏《も》らしていた。亡き友人を、懐かしんでいたのだろう。

酒は決して強くない人である。直ぐに、酔いが廻る。私を連れて暖簾《のれん》をくぐるようになった頃から、私は不二彦氏を〝おやじさん〟と呼んでいた。知る事のない〝父親像〟をダブらせていたと思う。軽く「エヘヘ」と笑うのが、特徴だった。少し千鳥足ぎみになる頃、肩越しに後ろから支えると、嬉しそうに喜んだものだ。二人のお嬢さんとは違った、男同士の触れ合いに、新しい喜びを感じていた様子だった。「駄目じゃないの、こんなに飲んじゃ！」と叱る……本当は、そんなに飲んではいない。ただ、弱いだけだ。注意をする側もされる側も、この小さな思いやりのやり取りから、大きな〝絆〟が育ち始めていた。私のおやじさんへの気持ちが、無言の中、彼の胸に届いていると気付き始めた頃だ。〝父知らず〟と〝子知らず〟の二人は、互いの人生の中で欠けている、Something（何か）を求め合っていたのかも知れない。

イワンの馬鹿

「松竹映画社から連絡が入ったので、一緒に会って欲しい」と、おやじさんから電話があった。この種の話には、面倒臭がり屋のおやじさんではあった。「男はつらいよ」シリーズのプロデューサー、島津清氏に逢う事になった。夢二の映画を製作したいとのアプローチである。そこでおやじさんは、「大筋の話は、分かりました。後は息子と話を進めて下さい」と、私にこの話を託した。「息子さんとは知らず、失礼しました」と、改めて挨拶された。おやじさんの気持ちが嬉しくて、今も大切に温めている絆である。夢二に関する情報を得るには、その遺族と面識がある人から情報を聞き出すのが、最も早いのは常識である。増して芸能界は、横のパイプ・ラインが重要な財産になる。それからと言うものは、電通、博報堂等の広告代理店、TV界、果てはプロダクションに至るまで、「夢二の事なら、遺族に我々と同じ業界に携《たずさ》わっている息子がいるから、そっちに聞くと早いよ」との情報が広がったらしく、問い合わせの多さに一苦労した。以後、業界では、竹久不二彦の息子、あるいは、夢二の孫で通ってしまった私である。なりゆき上とはいえ、〝夢二の孫〟は些《いささ》か気が引けるが、〝不二彦の息子〟は嬉しい響きである。NHKテレビ岡山支局に取材された時も、おやじさんは、「息子です」と私を紹介した。当時の収録フィルムが残っているのか、或いは編集カットされているのかは分からないが、おやじさんの気持ちを電波に乗せ、幅広く世間に伝えてくれた出来事だった。私の前で人に、〝お父様〟と呼ばれると、まんざらでもなさそうな笑みを浮かべていたおやじさんが懐かしい。もっとも、私の喜びはそれ以上だったかも知れない。いずれにしろ、親子の絆を望んでいてくれたならば、今更、訂正《ていせい》をする必要もないと思う。おやじさんと私の気持ちを、他人《ひと》様に説明する義務もない。心の中に私を受け入れたまま他界したおやじさんの愛情を、私は一生宝物としたい。そのためであれば、私はこのまま、〝イワンの馬鹿〟であり続けよう。

松竹映画「恋する」は、北大路欣也さん扮する夢二でクランク・インされた。丁度同じ年に、テレビでは竹脇無我さんによる「夢二その愛」も放送された。取り分け私の役目はおやじさんの代理監修役といった所だった。多数の本に、コマーシャル、そして各デパートにおける夢二展……それはもう、一挙に夢二ブーム爆発の光景であった。尤も、ブームと言っても夢二のように、十年毎に話題になる人は他に例を見ない。三越デパートの担当者が私に囁いた事がある、「展示会で行き詰まる時は、夢二展が救いになる。困った時の夢二頼みです」と。抒情画家、夢二の世界は三世代に渡って今なお愛され続けている。八十代から上の世代には、日常生活の中において、暦《こよみ》の如く日々目に触れる機会が多く存在した、懐かしいノスタルジアであろう。七十代の人達には、私同様、親の世代を通してどこか記憶の隅に焼き付いた、思い出の一ページに浮かんでは消える浅き夢のようなもの。又、今の若者には、広重や歌麿の中に日本を見るよりは、どこかモダンチックな夢二画法に、遠くて近い過去を見るだろう。日本画でありながら洋画のような、そんな新鮮さを感じるのではないだろうか。特に夢二展においては十代二十代の若い女性が多く見受けられるのも、その証ではないだろうか。

私が竹久夢二の著作物に関する全てを管理する、株式会社パピー・ミュージック・コーポレーションを設立したのは、昭和五〇（一九七五）年六月二十四日である。おやじさんが湧《わ》き水の如き清らかな心の持ち主であるが故に、〝つけ込む〟は語弊《ごへい》もあろうが、中にはそんな人も少なくなかったに違いない。野放し状態にあった、夢二に関する権利関係でおやじさんは日々頭を悩ませていた。遺族であるが故に、強く言えないしがらみに縛られる。そんなおやじさんを見かねての、旗揚げであった。出版管理業務は、これまた、複雑な法律が付いて廻る。しかし、この勉強が、後《のち》、私の作詞・作曲家活動に大いに役立つ事となる。

夢二と名が付くだけで、あらゆるグッズが売れに売れ、関係者は皆こぞって〝揉み手〟をするが、遺族や管理者の私には無縁の事であった。「夢二の遺族が、夢二で食い繋《つな》いでいると思われたくない」が、おやじさんの口癖だった。そのおやじさんのポリシーを引き継がんと、私も夢二をビジネスとして考えはしなかった。当時、私が夢二の権利を全て一任された事を聞き付けた業界仲間は、「蔵が建つだろう」と話し合ったらしい。「蔵はいくらなんでも……」と、シャレではないが、私も最小限、会社運営の分だけでもビジネスに割り切ろうと思いもした。でも、良く考えれば、あのスタジオ建設ブームに火を付けながら利益を取らず、赤字で終わらせた程のおばかさんが自分である事を思うと……

出版管理業務とは、いやはや、お金の掛かるものである。資料を整えるだけでも、大変な時間と資金が必要だった。苦労して収集した資料は、外からの問い合わせがあれば、コピー代を除いては、無料で提供して来た。驚いた事に、提供した何人かの人物が、その資料を元に、

「我こそは、夢二研究第一人者である」と名乗らんばかりの本を発表した実例もある。〝資料提供者〟として我が社名、（株）パピー・ミュージック・コーポレーションのクレジットを表示した人は、僅か一件だけであった。色々な人がいるものだ。結局、夢二を管理して利益を上げるのではなく、夢二を管理する収入を得る為に、音楽製作という本業に没頭する日々が続いた。

アダージョ

そもそも私は、製作マンとしてのライフ・ワークを見つける所から、夢二詩《うた》の旅苞《たびづと》探しが始まった訳である。「資料は特に何もありません」と人に言い続けて来たおやじさんがケーキを食べながら、「夢二の資料を見せてあげるから、家にいらっしゃい」と言ってくれたのは、逢うようになって三、四回目位の時だったろうか。招かれた大森の家は、画家の住まいらしく？……散らかっていた。第一印象は、そう思った。迎えてくれたのは、竹久都子奥様であった。ほっそりとした都子夫人とおやじさんのお二人を見ていると、〝良くぞこの灰色空の東京で、無事生きて居られるなぁ〟と思う程、ピュアーな人達である。正に、明鏡止水《めいきょうしすい》なる心の持ち主である。湧き水の如く、清らかなお二人であるが故に、〝守ってあげなければ〟と、余計なお世話であろうが、勝手に思い込んでしまう程だ。都子さんを弁護して改める訳ではないが、部屋は散らかっているのではなく、書物や画材道具が多すぎて、整理のつけようがないからであった。おまけに、都子さんは、自らが織物の展示会をお仲間の方々と毎年開く程で、その織機と作品がドンと部屋の一部を占領していたからである。

全ての資料が竹久家に保存されている訳ではなく、夢二コレクターであり研究家の先生方をご紹介頂いた。特に私が驚いたのは、あの「宵待草」しか知らなかった、夢二作詞による歌曲が一一二曲もあった事だ。分かっているだけでも、夢二の詩は約千篇以上ある。正確に言えば一〇一三篇あるが、今尚絶えず夢二物は発見されているので、アバウトとしておく。明治四二年に発表された「夢二画集　春の巻」に始まり、大正二年には詩画集「どんたく」、大正五年の「夜の露台」、大正八年の「夢のふるさと」並びに「歌時計」、そして、大正一五年の「凧」等に詩人夢二が浮かび上がる。他に、懐かしい日本の古謡を旅先で拾い集めては、夢二流にアレンジされた作品が「三味線草」「ねむの木」「春の鳥」「あやとりかけとり」「たそやあんど」「露地の細道」等に紹介されている。それらはほとんど夢二のオリジナルに近い作品で、およそ一一〇四篇にも及ぶ。

〝歩く夢二辞典〟の異名を持ち、個人としては最大の夢二作品コレクターとして知られる方が、故長田幹雄先生である。竹久夢二伊香保記念館にはこの方所有の絵や書物等、膨大な夢二資料が展示されている。ある日、おやじさんに連れられて先生のお宅にお邪魔した。先生の第一声が、「これが噂に聞く、ちこ君の息子さんですか。大きな息子が出来て、羨《うらや》ましいですね」。例によって、おやじさんは嬉しそうに、「エヘヘ……」。「夢二の世界を、音楽というジャンルを通して世の中に訴えたいらしい」と、代弁をしてくれたおやじさんだった。先生は、保険を掛けてでもなかなか外には貸し出しはしないような資料を目の前に山程積み、「持ち帰ってコピーしなさい」と言ってくれた。全てオリジナルの本であったり、初版の楽譜ばかりである。中には、開くと屑になって、パラパラと崩れ落ちそうな貴重な本があるにも拘らず、信頼して下さった。長田先生の夢二論だけは、おやじさんも一目置いていた。岩波書店の専務を務め、その後、同社の相談役としてご活躍だった先生とは、おやじさんと共に横浜、仙台、岡山へと、一緒に夢二旅行をしたものだ。聞きたい事で先生に電話をすると、決まって、「お父さんは元気ですか?」が挨拶代わりだった。

長田先生を初め、多数の夢二愛好家であられる方々のご協力により入手出来た資料の山を、レコード制作業務に結び付け、世に送りだす役割を使命《ライフワーク》と考えた。宝は独り占めする物ではない。増してや、夢二が世に発表した作品は、可能な限り、より広げる事が夢二先生とおやじさんに対する、私からの恩返しである。いよいよ、順風《じゅんぷう》に帆《ほ》を上げ、青藍《せいらん》の海ならぬ、制作嵐《せいらん》の航海日誌が始まる。だが、おやじさんや長田先生に説明しながらのテンポは、アダージョ並の緩《ゆる》やかさが必要で、逸《はや》る気持ちを抑えながら、ゆっくりと、華のプロデューサーを目指すがごとく、船出した。

XII　夢爛漫

私は、童謡を頭に描いていた。長田先生に見せて戴いた原画「破れた水車小屋」（明治四一年作）は、夢二が画家を本格的に志した、第一歩に値する作品だった。壊れた廃屋と、水樋《みずひ》と、そこに無心に流れる水飛沫《しぶき》の、あまりにも明るく清い色調が目に浮かんだ時、〝新しい童謡〟を作るのが第一弾に最も相応しいテーマだと思った。おやじさんから聞かされた夢二談話をかい摘んで行くと、いつもそこには、〝少年〟夢二が映る。〝純真〟なのである。常に正直に生きた夢二だから、誤解も招いたのであろう。〝古い物を新しく〟がモットーだった私に、長年探し求めたスタート・ラインが見え、その先に広がる薄紫の夢二色の中に、私の夢も姿を現そうとしていた。

ポリドールのエンちゃん（遠藤氏）に企画書を見せた。彼のお蔭でポリドール・レコードより予算が取れ、レコード化を実現する運びとなった。

水車
こっとん　こっとん　みづぐるま
春のひかりの　ふるなかに
こっとん　こっとん　みづぐるま
乙女《おとめ》のゆめの　ひまひまを
こっとん　こっとん　みづぐるま
片山《かたやま》ざくら　ちるひまに
こっとんこっとんみづぐるま
こっとん　こっとん　みづぐるま

（夢二童謡集「凧」より）

春の息吹に目覚める大地、めくるめく季節は巡り、また春が……などと詩人めいたテーマを考え、夢二の童謡集から四季の詩《うた》折々を一二篇選び、私のライフ・ワーク、〝夢二シリーズ〟の第一弾アルバム「水車」、作曲／編曲・東海林修、歌唱・額田《ぬかだ》和代が昭和五〇年七月二十一日に発売された。東海林さんの作品には目を見張るばかりである。アメリカ西海岸で音楽を学んだこの人は、野口五郎／沢田研二さんらの作品を多く担当している作曲・編曲者だ。日本の土壌からは生まれて来ないサウンドを持つ、貴重な人材である。額田さんは初代「ひらけポンキッキ」のお姉さんで、情感豊かなその歌唱力は、聴く人の心打つものと信じている。何よりも、私をレコード・ディレクター、並びにプロデューサーとして、青雲の志をもって初航海させて下さった、遠藤正志氏に感謝の意を述べたい。

第二弾は「水車」の完成を前に、もう心の中で描いていた。私が夢二の絵・詩を色で表現するならば、薄紫である。その淡い薄紫をクロスオーバーさせる色は、白の他にないと思った。私は小椋佳さんを、白のイメージで捕らえていた。アルバム「あけくれ」がそれである。エンちゃんと相談の末、小椋さんのプロデューサーである多賀さんに協力を求めた。快く引き受けてくれたお蔭で全一四曲小椋佳作曲による作品が仕上がった。計算が狂ったのは、歌手として小椋さんが参加出来なかったことだ。多賀さんなりに考えているその時点での小椋イメージとは開きがあり過ぎたからだ。結局、エンちゃん達の勧めで、私が歌う羽目になってしまった。夢二のお蔭で、デビューずくめの年となった。夢二の世界をより鮮明に打ち出したく、予《かね》てから交流させて戴いていた、八千草薫さんにナレーションをお願いした。八千草さんは、昭和四八年、芸術座での菊田一夫追悼公演となった「宵待草」で、笠井彦乃役を演じた縁《ゆかり》も有り、引き受けて下さった。

八千草薫さんと著者　ポリドールレコード　2スタジオにて

短いナレーションの中、声だけで夢二美人を見事なまでに演じて戴き、改めて、その芸術性に感心させられたものだ。その年、FM東京でパーソナリティーをつとめていた松島トモ子さんと、小室等さんは、それぞれのラジオ番組が選ぶ、年間ベスト・アルバムとして「あけくれ」を選択してくれた。唯一の失敗は、夢二と小椋さん、それに八千草さんを強調し過ぎて、歌い手である自分をオブラートに包みすぎてしまったことだ。お蔭で、「あけくれ」の歌手は、幻の歌手になってしまった。

通常、アルバム製作は、企画の段階から発売に漕ぎ着けるまでの期間として、平均四、五ヵ月余り掛かるが、この年、昭和五〇年には、延べ五枚もの夢二レコードが各社より発表された。同時進行で進めた訳だが、いやはや、我ながら大変な夢二ブームを音楽業界にもたらしたものだ。専属ディレクターでもない部外者の私が予算を戴けたのは、各レコード会社における、良き友人たちの協力によるものであった。ご参考までに、ざっとリスト・アップすると、次ぎのような制作順になる――七月アルバム「水車」額田和代歌唱、八月アルバム協力「宵待草」由紀さおり歌唱、八月シングル「丘の家」、竹久晋士《しんじ》歌唱、十一月アルバム協力「愛と詩の世界」北村和夫ナレーションそして、十一月アルバム「あけくれ」竹久晋士歌唱。この他に、監修役として映画、テレビ・ドラマ、TVコマーシャル四本、楽譜集「竹久夢二の世界」ドレミ楽譜、他、アーティスト六人への制作参加。

夢二シリーズに限って述べるならば、その後の主な制作に、昭和五二年アルバム「かえらぬ人」歌唱・倍賞千恵子、シングル「絵草紙店」歌唱・竹久晋士、昭和五九年アルバム「歌時《うたど》計《けい》」歌唱、竹久晋士、ビデオ「歌時計」カナダ国際芸術ビデオ大会出品作品、アルバム協力「何処へ」五木ひろし歌唱、VHD協力「AKOGARE」電通映画社がある。その他、資料提供で参加した作品は約一〇枚にのぼる。

とりわけ、アルバム「かえらぬ人」と「歌時計」には思い入れがある。私の家内、和子（ペン・ネーム桜メイ改め桜京子）が作曲・編曲者としてデビューを果たした作品、それが「かえらぬ人」であった。身内故の起用では毛頭ない。寧《むし》ろ、より厳しいジャッジメントを持ってプロデュースしたと記憶する。元々、彼女の持つ音楽感性には関心を持っていたので、試す機会を待っていた。当時から、作詞・作曲や演奏の分野において、女性も多少は存在したが、編曲者としてはほとんど見受けない頃である。今でも多くはない。レールの敷かれた上を歩くのが苦手である私は、何事も先ず、新しいレール造りから始めてしまう。レールの軋《きし》みを一歩一歩、肌で感じたいからである。それが故に、人よりは回り道が多くなってしまう。もう少し楽な道を選べば良いのだろうが、脊髄ばかりかヘソまで曲がっているらしい。良い意味で解釈して戴ければ有り難いのだが……。桜京子の音楽的才能には、キング・レコードの藤田純二共同ディレクターの方が驚いた様子で、彼の次回作、アニメ・アルバムの全編曲を桜に依頼した。私も、推薦した甲斐があった。彼女は、アルバム「かえらぬ人」において、「草の夢」「清怨」の二曲を作曲・編曲し、そして「柿」の作曲を担当した。私の狙いとしては、夢二美人を表現するにあたり、倍賞さんの安らぎ感ある歌唱力に加え、女性作曲家による、夢二詩《うた》への解釈と表現が欲しかった。レコーディングの際、スタジオ内で倍賞さんと桜が対面した時、「桜さん」「ハイ、桜さん（映画「男はつらいよ」で桜役に因んで）なんでしょう……」のやり取りに、スタッフ一同盛り上がったものだった。倍賞さんの緊張感がほぐれただけでも、桜の選択は大正解だったと言えよう。「柿」は私も個人的には好きな曲で、ステージで愛唱することが多い。他に、黒沢明監督の映画音楽で知られる、佐藤勝先生に「わすれな草」「雪よ小雪よ」の二曲を作曲して戴いた。先生の作品に見られる奥の深さには、とても勉強させられた思いだ。私も竹久晋士《しんじ》の名で、「たそがれ」「越後獅子」そして、「傷める紅薔薇」の三曲を作曲したが、実は、この名付け親はおやじさんである。ステージ・ネームを考えて欲しいとの私の頼みに、幾つかの名前を戴いた。竹久晋士に交え、竹久大和の名もその中に見られた。現在の竹大和の由来は、ここから来たものである。当時は若さ故の愚かさからか、気付かなかったが、名字はどれも竹久であった。今にして思えば、形はともかく、竹久の姓を僕に継がせたかった、そんなおやじさんの思い入れがあったような気がしてならない。作品はそれぞれ、竹大和の著作者名に変更済である。

当時、ポリドール・レコード社第二制作課長だった福住哲弥氏に、夢二生誕一〇〇年を記念してのアルバム、「歌時計《うたいどけい》」の企画を持ち込んだのは、昭和五九年であった。〝福が住む〟と書く名前のわりには、中々〝福〟に住み着いて貰えないらしく、〝貧乏暇無し〟……？で、忙しい人だ。何か自分と似ていて、親近感を持てるプロデューサーである。あの、テレサ・テンさんを最期まで担当した実力者である。そんな方に対して失礼なことを書けるのも、親しくお付き合いさせて戴いたからに他ならない。

童謡「歌時計《うたいどけい》」は、大正八年五月一日に、夢二がおやじさん（ちこ）八歳の誕生日に、プレゼントとして贈った詩画集である。

夢二が愛息《あいそく》、ちこ（夢二は不二彦氏をこう呼んでいた）へプレゼントとした詩に、息子として不二彦氏に可愛がって戴いている私が、作曲をしてプレゼントする……。これは、夢二先生とおやじさんに対して、夢二生誕一〇〇年を祝う、最大のプレゼントになると思った。どの詩をとって見ても、夢二の愛情が一杯伝わってくる作品ばかりである。読んで戴ければ、夢二がどのような人間性を待った人なのかを、改めて書く必要がない程だ。

歌時計

ゆめとうつ、のさかいめの
ほのかに白き朝の床。
かたへに母のあらぬとて
歌時計のその唄が

なぜこのやうに悲しかろ。（原詩のまま）

「歌時計」は夢二にとって、二重の十字架に対する償《つぐな》いの表れであったのだろう。耽美《たんび》な詩集に曲付けをして分かったことは、夢二の詩そのものがメロディオゥスであることだ。私の場合、作曲にかける時間はいつも早い方で、一度出来た作品を手直しする作業は余り好まない。その時の流れを、重視するからである。編曲は、NHK番組や小椋佳さんのレコードでお馴染みの、小野崎孝輔氏に依頼した。〝小野孝《おのこう》さん〟の愛称で呼ばれるこの方は、バイオリン・セクションに関しては、日本指折りのアレンジャーだと思う。こうして、アルバム「歌時計」の録音準備は完了した。レコーディング初日は、先ずカラオケ録りから始まる。集まったオーケストラのメンバーに向かって福住さんが、「アーティストの竹久晋士君は、竹久家縁《ゆかり》の人です」と、紹介した。すると、驚いた事にこの日のバイオリン・セクション・リーダーは、「宵待草」の作曲者である、多忠亮氏のご子息忠昭さんであった。「ウォー！」という歓声と共に、拍手が自然とスタジオに沸き上がった。完璧を求める、私の日々の努力が導いた巡り合わせなのか……。いやいやそうではない。これも、夢二先生から、〝ちこ〟への贈り物だったのではないだろうかと思う。

　この業界に限らず、芸能界全体において、物事を略《りゃく》して言う風習がある。今では、こうした略語が、若い世代に限らず、一般的に氾濫《はんらん》しているのが気にはなる。〝オケ録り〟が終了し、いよいよ、〝歌入れ〟となる。ミキサーの（と言っても、台所のミキサーではなく、Mixing Engineer、録音技術者の事である）前田さんも、福住プロデューサーにとっても、最も神経を遣う作業へと入る。雰囲気を盛り上げながら、歌手に気持ち良く唄わせ、いかにその才能を引き出すかのお膳立てをしなくてはならない。だが、〝マルチ音楽人間〟を目指し、今日まで努力して来た自分が、ここで生かされて来る。制作マンを経験し、スタジオ業務にも知識を得た自分としては、この人達に余計な神経を遣わせないで済む、独自の〝歌入れイズム〟を身に付けている。独り善がりかも知れないが、迷惑を掛けない気配りだけはしたつもりである。レコーディングも快調に進む中、「珍島物語」や「人生いろいろ」の作詞／作曲家、中山大三郎さんがスタジオへ遊びに来た。そして、翌日現れたのは、この先私にとって重要な人物の一人となる、国本忠明さんだった。

郵 便 は が き

適宜な
切手をお貼り
下さい

〒101-0064

東京都千代田区
神田猿楽町2-5-9
青野ビル

（株）**未知谷** 行

ふりがな	お齢
ご芳名	
E-mail	

ご住所 〒	Tel. - -

ご職業	ご購読新聞・雑誌

愛読者カード

ご購読ありがとうございます。誠にお手数とは存じますが、
アンケートにご協力下さい。貴方様の貴重なご意見ご感想を
賜わり、今後の出版活動の資料として活用させて頂きます。

書の書名

買い上げ書店名

書の刊行をどのようにしてお知りになりましたか?

店で見て　広告を見て　書評を見て　知人の紹介　その他

書についてのご感想をお聞かせ下さい。

望の方には新刊書のご案内をさせて頂きます。　要　不要

(ご注文も承ります)

XIII　夢二の夢

夢二パパ

芸術は、繊細《せんさい》な心の持ち主でなければ生まれまい。夢二を、ずぼらで、貧弱でそして女々しい男《やつ》と人は言う。はたして、世間の噂通り、ひ弱で、気の小さい人間であったのだろうか？「俺は……！」と吠える人間ほど、気の弱いものである。夢二は繊細で、その上途轍《とてつ》もなく心の強い人だった。確かに、芸術家（夢二の嫌った名詞である）としては、弱々しい夢二像が、彼の行動や生きざまから垣間見られるが、〝人間夢二〟〝父親夢二〟としては、誰よりも強く逞しい人であった。「芸術は爆発だ！」と発した岡本太郎先生の言葉通り、溜《た》めて溜めて、一瞬閃《ひらめ》いた時、一挙に爆発させるエネルギー源を持って、芸術の華は咲《ひら》くのだと思う。だが、夢二の閃きは、平凡な日常生活の中から生まれるものであった。日々の暮らしの中に見る女性の仕種が、夢二美人のモチーフとして描かれている。「こちらを向いて、ハイ、チーズ」というような、ポートレート的ポーズをとる夢二美人画は少ない。湯上がりの後、フッと優しく一息つく女性の浴衣姿……いさかいの後、悲しさに嘆く女……ワイン片手に、女の喜びをグラスに浮かべる貴婦人……そして、炬燵《こたつ》に伏せてうたた寝をする〝夢見る女〟など、どれもが、時代背景こそ違え、現代の日本女性とオーバーラップする所があるように思える。夢二美人画に、多くの人が親近感を抱く秘密がここにあると確信する。生誕一一六年を迎えた今日《こんにち》でも、世代を越え、絶える事なく愛され、支持され続ける夢二は、やはり、芸術家と呼ばざるを得ないのではないだろうか。若くして持て囃《はや》され、人気を博した夢二を妬む者は少なくなかった。〝価値無き大衆落書〟と決めつけた、当時の官製芸術至上主義者たちの批判の波に、夢二はそれをまるで誇りに思うかの如く、歴然と、製作活動を通して立ち向かったのだった。とあるＮＨＫの番組で、〝夢二は日本イラストレーターの生みの親〟と評価した評論家がいたが、正に大正解である。夢二が「ウン、ウン」と頷いているのが見えて来るようだ。

物書きに憧れ志す人は、星の数ほどいる。しかし、作品が出版物として店頭に並ぶのは、夢のまた夢の話である。日清戦争、日露戦争、朝鮮戦争、第一次世界大戦参加、シベリア出兵、さらには満州大陸侵略へと続く激動戦渦の時代は、生きる事すら至難《しなん》の時代であった。そんな時代に、わざわざ息子の誕生祝いに詩集を贈るほどの愛情を持ち合わせていた詩人は他に例がない。夢二は、やはり優しい人であり〝強い〟意志の持ち主であったと思う。だから私は何時《いっ》までも彼の絵に共感し、彼の詩に心打たれるのであろう。

おやじさんの口からこんな話を聞いたことがある——小さい頃、月を眺めボーッと立っている夢二の後ろ姿を見た。前に回って見上げると、その目には涙が滲んでいる。「パパ、何を泣いてるの?」「なにがそんなに悲しいの?」と聞くと、夢二は「ほら、見てごらん、あんなに月が悲しそうだろう」……とつぶやいたそうだ。またある時、ヨチヨチ歩きの子犬を見て涙する夢二を見た。「子犬が寂しそうだね」とも言ったそうだ。幼かった〝ちこ〟少年は、強いパパが欲しかったそうだ。「日本男児たる者、人前で涙など流すべきではない」そんな教育が盛んであったろう時代からすれば、無理もない。軍人さんが国の象徴であった訳だから。月を見ての涙は、逢うに逢えない彦乃さんを忍んでの涙だったのか……? 子犬を見ての涙は、ひょっとして、母を持たない不憫《ふびん》な我が子、ちこへの想いの涙だったかも知れない。しかし、大人になって、改めて夢二の生き様を振り返ると、その芯《しん》の強さが理解出来、「今では尊敬している」と言った。

幼少時代の思い出に、「パパは空気だ」の言葉が、印象に残っているらしい。親らしいことは大してしてやれないが、そんなパパでも、ちこにとっては空気のように絶対的に必要な存在だと言いたかったのだろう。また玄関の扉を開け、一息ついて、「パパはこれから世の中へ行って来るヨ」と、言い残し淋しげによく出掛けたそうだ。ちこ少年には、〝世の中〟と言うことの響きがとても不気味で、〝怖い〟所に行くのだと思ったそうだ。一歩外に出れば、全ての瞳《め》は口となり、夢二を監視していたに違いない。坂道を転がる雪だるまのように、噂は噂を呼び、時には井戸端会議から生まれる絵空事に悩まされることさえあったろう。夢二にとって〝世の中〟は、正に怖い存在だったのかも知れない。

大正一三年頃、おやじさんは、お茶の水の文化学院に通っていたが、夢二の浮名が新聞や雑誌に取沙汰される度、学院内でからかわれたそうだ。でも、非難めいた気持ちは持たなかったと言う。「正直に生きる親父が、大好きだった」と言う。夢二の三人の女性と過ごした奇妙な少年時代を、幸せだったとも話してくれた。

母無し子

おやじさんにとって、母親の役割を果たしてくれた女性は三人いる。実の母岸他万喜《たまき》、笠井彦乃、そして佐々木カ子《ね》ヨ（お葉）である。他万喜さんについては、気が強く、子供の面倒を見るよりは、夢二との絶えることのない日常口論の末、出て行く夢二に夢中で追い縋《すが》る、そんな姿が浮かぶだけの印象しかないらしい。その口論だが、おやじさんの記憶を辿ると、港屋絵草紙店に出入りする画学生の中には、たまきさんに憧れる取り巻きが多くいて、夢二とのいさかいの原因にも度々なっていたようだ。夢二の恋愛遍歴と比較して、母たまきのこうした女の性《さが》に対しては、愛情を持っての理解がおやじさんから見受けられないのは、一つ一つの恋愛に対する夢二の重みとの違いを、子供ながらに感じていたからではないだろうか。「親父は、情熱的で、本当に子供に優しく、どんな時も暴力は振るわなかった」と、誇らしげに夢二を語ってくれたおやじさんの瞳《め》には、夢二への愛が溢れんばかりに感じ取れた。察するに、夢二という人は、「去る者は追わず」「来る者は拒まず」主義だからこそ、厳しい言葉ではあるが、売名行為が目的で夢二に群がる多くの女性達《もの》にも優しかった。それが例え、たまきの取り巻きの画学生達であってもだ。

夢二にとって、女性とは何か？　アダムとイブのように、常に相手が側にいなければ、生きて行けないのであろう。男女関係の必要性だけではなく、母親として、そして姉としてである。この三役をこなせる女《ひと》だけが、夢二好みの女性としての資格を与えられる。成長しきれない子供心を持つ夢二が、そこにある。そんな夢二を愛した、この三人の愛情の深さには、計り知れないものがある。

夢二、彦乃さん、ちこの三人で京都の清水二年坂、そして後《のち》に、高台寺南門鳥居わきに家を借りて住むのだが、居心地の良い幸せな生活だったとおやじさんは言う。ちこの機嫌を損ずるまいと、大人二人にチヤホヤされっぱなしの毎日で、〝我が家の主人公〟として、満足した日々を送ったらしい。「親父の恋仲を、邪魔しない程度に甘えていれば、結構好《い》い目が見られるくらいの知恵は、子供なりに付いていたね」と、この頃を振り返っていた。夢二においても、三人で暮らした京都での玉響《たまゆら》の歳月が、最も充実した幸せな時期であったと、断言したおやじさんだった。

　誰が名付けたか〝二年坂〟……皮肉にも、夢二と彦乃さんの幸せは大正六（一九一七）年六月から大正七（一九一八）年九月迄の、わずか二年足らずに終わった。駆け落ち同然に身を隠していたが、そんな二人の生活とは裏腹に、夢二の作品は世の中を一人歩きしていた。同年、大正七年九月二十日には、新進青年作曲家・多忠亮によって、あの「宵待草」がセノオ楽譜より出版され、全国的に大ヒットした。隠れ家であるはずの〝愛の巣〟は、たちまち彦乃さんの実家に知られる羽目となった。胸の病で倒れた彦乃さんは、翌十月には、無理やり、父笠井宗重によって東京に連れ戻された。これが二人にとって今生の別れになろうとは、思いもしなかったであろう。そして、東京お茶の水・順天堂病院にて、二十五歳という余りにも短い生涯を閉じた彦乃さんを、二度と抱きしめることも叶わなかった夢二は悲しみのあまり、〝山〟と呼んだ彦乃さんを忍んで、歌集「山へよする」を大正八（一九一九）年に出版している。

　お葉さんは、色白の秋田美人であったらしい。健康で明るい性格は、夢二の憂愁を称えた寂しげな夢二美人とは対照的ではあったが、彦乃さんを亡くした後の夢二の心の支えには、これ以上の女性はいなかった。気立ての良い従順な人だったと言うのが、おやじさんの印象である。七年も一緒に暮らしたのだから、これまた、エピソードには尽きないが、あくまでもプライベートとして私の胸にしまっておくことにする。

ネバー・エンディング・ラブ

夢二の〝夢〟とは何であったか。本人しか、いや、本人にとっても永遠のテーマで終わったのかも知れない。明治一七（一八八四）年九月十六日、岡山県邑久《おく》郡本庄村大字本庄一一九番邸に父菊蔵、母也須能《やすの》との間に長男として生まれ、名は茂次郎《もじろう》である。夢二はこの名前を大層嫌ったそうである。その理由に、「ヤーイ、へのへの茂次郎」なる、有り難くないあだ名が付いたためだ。実家は造り酒屋で、父菊蔵の趣味娯楽も大層派手であったそうだ。幼い頃から絵を描くのが好きな少年だった、あの〝夢二美人〟の原点は、終生敬愛してやまなかった七歳上の姉、松香にあるのではないだろうか。童謡集には、その想いを歌った一篇がある。

つらつらつばき
つらつらつばきの　あかい花
つらつらつばきの　しろい花
赤い椿は　あか糸で
白い椿は　しろ糸で
つらつらつばきの　花の糸

姉様《ねえさま》あなたの　首かざり
母様《かあさま》あなたの　腕かざり
つらつらつばきの　花の糸

〝放浪の画家〟〝流離いの画家〟〝大正のドン・ファン〟等、夢二の形容詞は色々あるようだが、いい加減うんざりである。第一、情もなく、ただ色事だけを好んだドン・ファンと結び付けるのは以《もっ》ての外《ほか》だ。夢二にとって恋は、常に、芸術家夢二としての生命の灯《ともしび》を点し続ける為に必要とした情熱の源である。時には、まだ羽ばたきさえままならない小鳥が親鳥を慕う、そんな愛情でもあった。画家とモデル、この関係は昔も今も変わりあるまい。長時間、密室に二人きりでいれば、互いに情は移るもの。それが人間同士である。余談ではあるが、写真家がモデル嬢と親密になる例は山ほど聞く。華麗なる誘惑の前で、夢二という人は、決して気まぐれなドン・ファン的人物ではなかった。むしろ、リアリストである。必要なものは必要と、素直に表現をする。手練手管《てれんてくだ》めいた行動は取れない人である。大正モダニズムの中にあって、異常なまでに日本古来の古い文化にこだわりを持ちながら、押し寄せる西洋文化の開化にも、鋭い観察の目を向けていた。自分の思うがままに、素直にしか生きられない。だからこそ、ひとしお〝夢〟に憧れ、追いかけ、求めた。確かに、夢二の前には数知れない女性たちがシャボン玉のように表れ、虹色の夢と共に弾《はじ》け散った。だが、夢二にとって、笠井彦乃さん程心を奪われた女性はいなかった。おやじさんも、ハッキリそう言い切った。「親父は死ぬまで、彦乃さんの御霊《みたま》と共に生きた」と言う。その証に、夢二は信州富士見高原療養所にて短い生涯を閉じた時、左の薬指には、片時も外す事のなかった、太めのプラチナの指輪が光っていた。蒲鉾《かまぼこ》型の指輪には、〝ゆめ35しの25〟と横書きに小さく刻まれていたのだ。

〝しの25〟は彦乃さん（夢二は〝しの〟とも呼んでいた）が病死した年齢で、その時夢二は三十七歳であった。では、何故《なにゆえ》に35と印したのだろうか？　この不可解な夢二の行動については、おやじさんは何も語らなかった。私なりの解釈で恐縮ではあるが、これは、夢二から彦乃さんへ贈る、〝感謝〟の表現ではないかと思う。二年坂において彦乃さんと掴んだ〝幸せ〟の頃、夢二は三十五歳だった。〝最愛の女《ひと》〟を亡くした悲しみと、己の幸せだった年齢を、指輪に刻み込む事によって、〝時間《とき》の流れ〟を止めてしまった気がしてならない。「この先、肉体がどう老いて行こうと、俺はお前の思い出と共に、永遠に三十五歳だ」と、彦乃さんに捧げるメッセージだったのでは……

この説を裏付けるようなエピソードがある。夢二は現実の中に〝夢〟を重ね着して過ごしたのだろうか、彦乃さん亡き後《あと》、不二彦を連れて幾度か旅行をした時の話である。既に四十代であるにも拘らず、いつも宿帳には「竹久夢二三十五歳」と書き入れたそうだ。その度、おやじさんは、馬鹿なイタズラを……と思ったそうだ。やはり、夢二は彦乃さんの死と共に、自分の人生の時計を止めていた。生涯、唯一人の女性として、彦乃さんを心に刻み止めるために……

さだめなく鳥やゆくらん　青山の青のさみしさ　かぎりなければ

「親父が好んだ短歌だよ」と、私に教えてくれた。「彦乃さんが迎えに来る日を、一人寂しく待ちたかったのかも知れないね」とも言った。

夢二あれや、これ

その外に、おやじさんから直接聞いた夢二の想い出話を、ランダム式にかい摘んで見ることにしよう。書き残しのないように、一所懸命回想を試みるが……

普段から言葉少なく、話す事を苦手とした夢二は、余り人の集まる会合等を好まなかったと言う。それでも、やむなく出席せざるを得ないケースもあろう。そんなある日の会合で、出席者の中に夢二の人気を妬む、酒癖の悪い作家がいたそうである。「ちょっと人気があるからと言って、何を澄ましてやがる！」と、夢二の顔に酒をぶっ掛けた。それでも、黙ったままでいる夢二を、人は〝臆病者〟喚《よ》ばわりをしたらしい。「今日このようなことが、先生にあったらしい……」と噂を聞きつけ、夢二を慕う出入りの画学生たちが悔しがる。その話を耳にしたおやじさんには、〝弱い父親〟像が浮き彫りとなる。だが、本当に臆病だったのだろうか？　そうでないことを、後、証明するとしよう。

度々夢二についての原稿を依頼されるが、おやじさんは、どちらかというと、進んで積極的には書かなかった様子である。従って、「次男である不二彦氏には、夢二から、余程愛情を受けなかったせいか、驚くほど思い出が無いように見受けられる」と、取材後のコメントに書かれたことも、笑いながら話してくれた。それは、ただ単に、おやじさんの機嫌が悪い日だったのかも知れない。血は争えないもので、夢二譲りか、彼も又、他人との語らいを好む方ではなかった。だが、おやじさんにとって私との時間は、まるで親子の対話を楽しむかのようであった。私も、一対一ならともかく、二人以上の集まりならば、確実に聞き手にまわる方である。いずれにせよ、よくよく話を聞くと、「ああも書いた。こうも書いた」と、結構色々ありそうなのには、アンバランスで笑える。

多くの夢二エピソードを私に話してくれたのは、今考えれば、「いずれ、貴方が伝えてよ」とでも言う、おやじさんの期待が込められていたのかも知れない。遺族としての立場からでは、夢二についての表現の難しさもあろう。ひいきめだと思われるのでは？……とか、余計な気を回してしまう。例え人はそう思わなくとも、気を遣ってしまうおやじさんである。やはり、この時期《とき》のために、私は、夢二から〝使命〟を受けた男《もの》と解釈して、代行に努めるとしよう。

夢二の写真に見られる、窓辺でマンドリンを手にするポーズや、机で思い悩むこれらの姿を、

「親父は演技しているだけだよ。マンドリンなんて弾けやしないし、悩む事で、それらしき自分を演出しているだけだね」と笑みを浮かべ、話すおやじさん。私には、「そんな夢二が〝可愛い〟」とでも言いたげに聞こえた。

夢二は又、自分の功績を世間にアピールするのを苦手としたのか、それとも、こだわりを持たなかっただけなのかもしれないが、改めて、その貢献《こうけん》に対して見直し、評価をしなければならない事実が幾つかある。その一つに、マザーグース初訳説がある。北原白秋が、初のマザーグース翻訳者として、雑誌「赤い鳥」に二篇紹介したのは、大正九（一九二〇）年一月号である。翌、大正一〇年に、「まざあ・ぐうす」（アルス社）にて一三一篇の訳を発表した。従って、今日《こんにち》でも、白秋が、日本初のマザーグース翻訳者として知られている訳だが、それは、ちょっと違う。長田先生や藤野紀男先生らの努力によって、その説を覆《くつがえ》す資料が、夢二童謡集より発見されているのである。何と、白秋よりも一〇年程前の、明治四四年絵ものがたり「京人形」（洛陽堂）に、四篇の訳詩が掲載されていた。以後、幾つか出版された夢二詩集にも、訳詩は、全部で四〇篇ほど紹介されている。英国マザーグース協会のアン・ヘリング教授によって、マザーグーズ日本語初訳は竹久夢二とするのが最も相応しいと評価され、協会に保存登録されている。「あれこれをやった」なる肩書を残すのは、どうも苦手な夢二であったらしい。

夢二が、大正三（一九一四）年に、日本橋区呉服町二番地に開店した「港屋」へは、谷崎潤一郎、島村抱月、河合武雄、若山牧水、秋田雨雀、喜多村緑郎等の文人が頻繁《ひんぱん》に訪れたと聞く。

出入りの門下生であった東郷青児は、絵に詩を書き加える夢二の影響を受けてフランスの詩を彼の人物画作品に書き入れたりもした。批判的な芸術家協会とは裏腹に、夢二が多くの文人に愛されたのは、その芸術理念に見られる、夢二独自のオリジナリティーに富んだ自由表現が共感を呼んだからではないだろうか。静かな環境を希望して、府下松沢村松原七九〇に、自ら設計し建てた住宅兼アトリエ「少年山荘」においても、お構いなしの出入りが激しく、常に、集会場か、モン・カフェ紛いの賑わいであったらしい。恩地孝四郎や後《のち》の人間国宝、堀柳女《りゅうじょ》は、こうした中でも、夢二の良き理解者であった。口数こそ少ないが、夢二は実に若者への面倒見が良く、画学生の蕗谷虹児を初対面であるにも拘らず、自発的に「婦人画報」や「少女画報」に紹介状を書いた。それがきっかけで、虹児は「少女画報」から画家デビューを果たしている事を見ると、人を蹴落とす社会にありながら、人助けの手を進んで差し伸べたのには、夢二自身、独学者として味わった苦しみを知るからだろう。まだ無名であった、若かりし頃の淡谷のり子を舞台の上に紹介したのは、昭和五年東京前橋での、外国旅行資金集めのイベントでのことだった。感激した淡谷さんは、お礼にと、当日会場で墨をする手伝いをしたそうだが、その側で、色紙に次々と速筆で描き込む夢二に驚いたと述べている。

明治、大正そして、昭和初期の時代を生き抜いた夢二にとって、日本の自然環境は現代とは違い、工業汚染に悩まされることもなく、自然界は癒《いや》しのハーモニーに満ち溢れていたに違いない。しかし、夢二は既に、日本の空気は汚れ、空は灰色であると詩《うた》っている。これは、時空を越えた人間にしか言い切れないのではないだろうか。とすると夢二は〝宇宙人《エイリアン》〟であったのかも知れない……な〜んちゃって。

「親父にとって絵を描くのは、悪戯《いたずら》っ子が落書きをするようなものでね……気が向くと描いたり、その時々の感情を絵で表現していただけだね」と漏らすおやじさんだが、彼もまた同じ事をしていた。

戦前、今のＪＲ山手線に沿って、着物の古着やはぎれ等を売るflea Market（蚤の市）が、軒並み立ち並んでいたそうである。夢二は、トコトコと大森駅から新橋駅界隈迄歩いては、気に入った着物のはぎれを買い求めたそうだ。大事そうにその包みを抱えては、帰る途中絵の構想でも思考して来たのか、玄関から直接アトリエに向かう事が多かったそうな。一日中、ニコニコと楽しそうに生地を眺めては、絵と照らし合わせて見る。夢二に描かれる着物の染柄は、必ずしもその時モデル嬢が身に付けていたそれとは限らないと判明した。

確かに、言われる通りどこか暗く、物寂しく、悲しげな夢二像は、紛れもなく夢二その者の一面でもあろう。だがこの時代に、底抜けに根っから明るい人がいたとするならば、それは、ただのノー天気屋さんかも……。母親のいないちこを不憫に思ってか、一所懸命得意のカレーを作る夢二の姿を想像して戴ければ、グジュグジュした夢二は映らない。世に発表された絵とは別に、良く夢二は好んで、野球少年や放れ馬を描いたことを知る人は少ないと思う。伸び伸びと自由に遊ぶ少年、そして広い野原を自由に駆けめぐる馬……これは、自分の中の憧れを物語っているのではないだろうか？　私は、夢二の"Dream"（夢）と"Hope"（希望）がここに観られるような気がしてならない。又、「どうして分からないかなァ。こうだョ、こう……」とでも言いたげに、女物の着物を身に付け、番傘を手にモデルのポーズをとる夢二の写真からは、とてもコケティッシュな一面も窺《うかが》える。もっとも、今時そのような格好で新宿の路地裏を歩けば、かなり〝アブナイ　オジサン〟になる。

さて、その写真だが、イメージとしての夢二はステッキを片手に山高帽子の出で立ちが多く、いかにもハイカラ風である。だが和服姿もなかなか着こなしが良く、お似合いである。しかし、おやじさんの説はちょっと違う。どちらかと言うと、着たきり雀であったらしい。髪は常に長髪のザンバラ頭で、だらしなかったという。もっとも、自宅兼アトリエだった部屋で仕事をするのに、わざわざ着飾る画家はあるまい。あのピカソで言うならば、創作中はおろか、年中上半身は裸で、下半身はショート・パンツの様子であった。夢二がファッションにこだわりを持っていたか否《いな》かは知る由も無いが、単に、人並みの感覚ではなかっただろうか。写真アルバムで見る限り、それなりに正装していたと窺《うかが》える。子供だったおやじさ

着物姿でポーズを示す夢二

んの目には、身なりを気にせず創作作業に没頭する夢二の姿だけが、焼きついたのではないだろうか。

「親父は、自分の理想に物事を置き換えてしまう癖があってね。私の誕生日は五月一日のメーデーになっているが、怪しいものだ。きっと夢二が勝手に届け出た出生日であろう」と、おやじさんが言っていた。そう言えば、〝しの〟であれ〝お葉〟も、そして、〝ちこ〟も、皆、夢二流の呼び名である。〝しの〟は笠井彦乃さん、〝お葉〟は佐々木カ子《ネ》ヨさんで、〝ちこ〟は不二彦氏である。彦乃さんに至っては、「忠臣蔵」に因み、〝山〟の愛称で交わした恋文さえある。

おやじさんによれば、早稲田実業時代に夢二が共感を抱いたとされる社会主義運動については、「親父は、political policy（政治思想）のような立派な志は持ち合わせていなかった」と、話してくれた。当時の社会主義運動家幸徳秋水、境枯川、石川三四郎らによって、明治三八（一九〇五）年十月に設立された、「平民社」発行の週刊「直言」、六月十八日第二十号に掲載された、夢二のコマ絵、〝白衣の骸骨と女〟は、あまりにも有名である。名うての思想家として知られる荒畑寒村の参加によって、益々国家の敵と睨《にら》まれ、今の銀座有楽町、朝日新聞社付近に所在した「平民社」は、後に、国家警察より強制的廃刊へと迫られた。私は、よくおやじさんと〝銀ブラ〟なる優雅な時間を共にした。さりとて、お互い裕福さからは縁遠く、少なくとも、おもに私に限ってだが。だが、この人といると、何故か、やたら心が豊かになれた。「ここら辺りが平民社だったらしい」と、教えられた。そのおやじさんも、きっと、学生時代を振

刊行案内

No. 58

（本案内の価格表示は全て本体価
ご検討の際には税を加えてお考え

ご注文はなるべくお近くの書店にお願い致
小社への直接ご注文の場合は、著者名・書
数および住所・氏名・電話番号をご明記の
体価格に税を加えてお送りください。
郵便振替　00130-4-653627 です。
（電話での宅配も承ります）
（年齢枠を超えて柔軟な感受性に訴える
「８歳から８０歳までの子どものための」
読み物にはタイトルに＊を添えました。ご
際に、お役立てください）
ISBN コードは 13 桁に対応しております。
総合図書

未知谷
Publisher Michitani

〒 101-0064　東京都千代田区神田猿楽町 2-5-9
Tel. 03-5281-3751　Fax. 03-5281-3752
http://www.michitani.com

リルケの往復書簡集二種完結

詩人」「女性」からリルケ宛の手紙は本邦初訳

き詩人への手紙

詩人F・X・カプスからの手紙11通を含む

ナー・マリア・リルケ、フランツ・クサーファー・カプス著
ーリッヒ・ウングラウプ編／安家達也訳

208頁 2000円
978-4-89642-664-9

き女性への手紙

女性リザ・ハイゼからの手紙16通を含む

ナー・マリア・リルケ、リザ・ハイゼ 著 ／ 安家達也 訳

176頁 2000円
978-4-89642-722-6

8歳から80歳までの **岩田道夫の世界** 子どものためのメルヘン

田道夫作品集 ミクロコスモス ＊

フルカラー A4判並製 256頁 7273円
978-4-89642-685-4

は天才だよ、作品が残る。生きた証も人柄も全てそこにある。
はそれでいいんだ。」（佐藤さとる氏による追悼の言葉）

のない海＊

192頁 1900円
978-4-89642-651-9

靴を穿いたテーブル＊

200頁 2000円
978-4-89642-641-0

これテーブル！ 全37篇＋ぷねうま画廊ペン画8頁添

楽の町のレとミとラ＊

144頁 1500円
978-4-89642-632-8

の町でレとミとラが活躍するシュールな20篇。挿絵36点。

ァおじさん物語 春と夏＊

978-4-89642-603-8 192頁 1800円

ァおじさん物語 秋と冬＊

978-4-89642-604-5 224頁 2000円

らあらあらあ 雲の教室＊

ュールなエスプリが冴える！ 連作掌篇集 全45篇
下に出ている椅子は校長先生なの？ 苦手なはずの英語しか喋れない？ 空
ら成績の悪い答案で出来た紙飛行機が攻めてくる！ 給食のおばさんの鼻歌
いろんな音に繋がって、教室では皆が「らあらあらあ」と笑い出し……

192頁 2000円
978-4-89642-611-3

ふくふくふくシリーズ フルカラー64頁 各1000円

ふくふくふく **水たまり＊** 978-4-89642-595-6

ふくふくふく **影の散歩＊** 978-4-89642-596-3

ふくふくふく **不思議の犬＊** 978-4-89642-597-0

ふくふく 犬くん きみは一体何なんだい？ ボクは ほんとはきっと 風かなにかだと思うよ

イーム・ノームと森の仲間たち＊

128頁 1500円 978-4-89642-584-0

イーム・ノームはすぐれた友だちのザザ・ラパンと恥ずかしがり屋のミーメ嬢、そして森の仲間たちと毎日楽しく暮らしています。イームはなにしろ忘れっぽいので お話しできるのはここに書き記した9つの物語だけです。「友を愛し、善良であれ」という言葉を作者は大切にしていました。読者のみなさんもこの物語をきっと楽しんでくださることと思います。

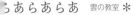

り返りながら、夢二に教わった頃を思い出していたのだろう。

日本列島激動の中で、学生運動は盛んに行われたが、七〇年代の安保反対運動と大して違いがないのではあるまいか。政治には無関心であったにせよ、夢二の心情倫理としては、全ての人間には、自由（モラルと言うルールと法の下において）に生きる権利が与えられるべき標準社会を、強く求めていたのだと私は思う。渦巻きながら通り過ぎる、時代の悪戯に惑わされつつも、大正人は逞《たくま》しく生きた。当時、夢二の回りには社会主義学生運動家が多く、それらと貧しさを共にし、同じ釜の飯を食った学生時代を考えれば、何がしか共感を覚えた部分もあったであろう……それが、自然の流れである。

夢二もまた、国家警察に連行される身となる。問題のコマ絵が原因である。だが、取り調べの末、この男からは政治的ポリシーなど微塵《みじん》も窺《うかが》えずと判断され釈放された。貧乏学生が、生活費のために描いたに過ぎないコマ絵が取り持つ縁だっただけに、夢二の求める、唯一のポリシーである〝自由〟と、〝社会主義〟イデオロギーとのギャップに夢二が気付くには、そう時間の掛かるものではなかった。幸徳、荒畑らの行動について疑問を抱き、「俺はやはり違う世界の人間だ」と、社会主義を離れた夢二だった。

社会主義への規制が一段と強化される中、大逆事件によって幸徳秋水等が処刑され、夢二は号外でそのことを知る。思想は違えど、かつての学友は、学友である。警察の目を恐れ、知らぬ顔で尻込みする運動家に激怒してか、夢二は自宅で友の為の requiem（レクイエム／ミサ典礼）

を行ったという。当時の社会主義学生にはキリスト教信者が多く、夢二も、洗礼こそ受けてはいなかったものの、画家上野山清貢の紹介により、木村清松牧師のチャペルで書生をつとめた時期がある。キリスト教徒発祥の地、エルサレムやユダヤ民族に対する異常なまでの関心は、この頃宿ったと考えられる。もはや人間夢二の心には、イデオロギー・ギャップ云々《うんぬん》のこだわりはない。だからこそ、国家からの誤解を招く。学友であった一柱の仏に対して、人間がなすべき〝情〟にためらいはなかった。人としての信念を、遂行したに過ぎない。この時代背景を思えば、〝言うは易し……〟だが、余程の勇気と覚悟がなければ、反逆者へのレクイエムなど図りはすまい。だが、何よりも情を重んじ、人として有るべき精神を貫《つらぬ》いた夢二がいた。察するに、夢二にとって常に大事なのは、人間としてどうあるべきかであり、そのためのリスクならば、甘んじて受けて立つ男であったと思うが、いかがだろうか。

警察の網を逃れた荒畑寒村は、昭和二二（一九四七）年発行の「寒村自伝」において、「夢二は社会主義同志としてついて来れる思想の持ち主ではなかった」と書いている。いずれにせよ、芸術家とは物事に敏感なだけに、たやすく影響を受けやすい人達であるのは間違いない。

絵筆折りてゴルキーの手をとらんには　あまりに細き我腕かな

と、残された歌からは、その影響が垣間見えたりもする。だが、詩を書き、絵を描く事を愛した夢二にとって、日本をどう動かすかよりも、目前の自然女性《もろもろ》をどう観察し、白紙上に表現するかが重要問題であったに違いない。

明治三八（一九〇五）年に、華々しく出現した新進画家夢二が、初めて使用した筆名は〝竹久泊子《はくし》〟であった。翌明治三九年には、夢二が慕う、早稲田大学文科の教授である島村抱月の口添えで、「東京日日新聞」にコマ絵が起用された。これをきっかけに、いわゆる、メジャー活動への扉が開かれ、大衆詩人・画家、竹久夢二の誕生となる。

明治四〇（一九〇七）年四月、夢二二十四歳の時、「読売新聞」に入社し、スケッチや房総紀行「涼しき土地」を連載している。日本橋三越百貨店のレストラン・メニュー表紙画や、自然化粧水「ヘチマコロン」社の宣伝ポスター等、多くのコマーシャル画創作を意欲的に手掛けた。北原白秋、中山晋平、野口雨情、村岡花子、西条八十等々、夢二と関わりを持つ著名人は実に多い。中山晋平は、売れっ子画家、夢二が、良き相談役として慕った島村抱月宅で書生をしていた。抱月を訪れる夢二とはこの頃からの面識と聞く。

夢二は、決して天才的画家ではない。努力によってその才能を開花させた実力者であったと思う。父親の反対を押し切っての早稲田実業進学であったせいか、仕送りはほとんど受けられなかった。そこで、あらゆるバイトを経験したそうだ。あの貧窮な身体で、人力車を引き、新聞から牛乳配達、そして近所の雑用まで捜してまわるほど、自活に追われた。それ故に、夢二の絵には、インパクト・ムーブメントが見られる。生きる手段を描いた日常的な絵がそこにある。その空間の中から、切り離すことの出来ない夢二美人が生まれた。全ては、ごく自然の流れにそって誕生した夢二画法だからこそ、親近感を持って、人は愛するのだろう。ユークリッド幾何学《きかがく》を基本とする拘り画法等は、微塵《みじん》も見えない。

誰から聞いたのか、又、いずれの本で読んだやも知れないエピソードだが、おやじさんはこんな話に覚えがあると語った。若き日の川端康成は、夢二への憧れもあり、文通をしている。ある日、夢二を訪ねた康成青年を、絵から抜け出たような美人が出迎えたらしい。それが、彦乃さんであったのか、お葉さんであったのか……自宅であったとすれば、お葉さんであろうが、とにかく、余りの美しさに衝撃が走ったらしい。どちらにせよ夢二美人画の原点に出迎えられたのだから、文学青年には刺激が過ぎたに違いない。

〝詩人・画家夢二〟を目指した若者は、少なくないだろう。この人も、その一人だろうか、サトウハチローが夢二に宛てた手紙の内容は、ややもすれば、子供が親に甘えるかの如くである。恋に悩む胸の痛みも、まるで救いを求めるかのように打ち明けている。又、「ぼくはもっともっといい心もちをそだてて行きます。みていて下さい」と、反省の意を夢二に誓うかと思えば、「ぼくの2ケ詩集、吉原風物詩集、浅草燈花詩集どこかで出してくれないでしょうかしら」「あなたの古い絵一枚いただけるといいな」（原文通り）と、おねだりぎみに綴られている。一見、無口で気難し屋として知られていたが、川端康成、サトウハチロー、蕗谷虹児らの若手に慕われ、愛された夢二は、とても面倒見の良い人物であった。

他人が言うのならいざ知らず、実子であるおやじさんから見た夢二は、こうである。どうやら、天《あま》の邪鬼《じゃく》の要素があったようだ。夢二の悩み事を見兼ねて手を差し伸べる者には、プイッとそっぽを向いてしまう。夢二は、日本人の一番頑固な短所を、後生大事に貫《つらぬ》いて生きた人に違いない。「武士は食わねど高楊枝《たかようじ》」が夢二精神の原点である。そのくせ、派手に、「俺はこんなに悩んでいるんだ」とアピールする仕種を写真に収めて見たりもする。自己の悩みを探して回る癖があり、マリオネットを操るかのように、己の人生を演出したがるのは、多くの芸術家に共通しているのではないだろうか。

芸能界は絵の才能に溢れた人が多い。やはり、〝芸〟の一文字を形容詞として持つ者の共通点なのか。森繁久弥、八代亜紀、石坂浩二さん等、数え上げればキリがないほど、絵の上手い芸人たちがいる。ある夏、夢二が愛息ちこを詩人与謝野鉄幹・晶子夫婦に預け、放浪の旅に出た時の話だ。人に預けられる事には慣れっこになっているおやじさんは、むしろ、預けられる先でチヤホヤされる事への満足感に酔いしれていたらしい。夢二は旅多き父親ではあったが、「ちこだけは、常にポケットに納めて旅をするから、いつも一所だ」と、言ったそうだ。そんなちこへ、子煩悩な夢二は旅先から良く葉書を出したそうだ。「そろそろ夏も終わりに近いので、与謝野のオバチャマに良く勉強を教えてもらうのですよ」と、宿題の心配までしてくる程のパパ振りだった。おやじさんは言う、「他人《ひと》様に迷惑をかけてはいけない」「他人様の嫌がる事を言うものではない」「恥ずかしい事はするな」が、親父から良く聞かされた言葉だと。更に、一種の放任主義であった夢二から一番譲り受けた教訓は、「争わず、なるように任せ、宜しいように、言わず語らず」なる、夢二流生活姿勢だと笑った。おやじさんを見ていて、本当に、教えそのものズバリを実行し続ける少年のようだった。

夢二が途轍《とてつ》もなく強い意志の持ち主であったと、幾度か述べた事への証をしようと思う。

Vagabond（放浪）夢二

長年、夢二の〝願望〟であった欧米への外遊日記が始まったのは、昭和六（一九三一）年五月七日四十七歳の時である。横浜から秩父丸に乗船し、五月十五日ホノルルに到着する。五月二十九日、日本郵船龍田丸でアメリカに向けて出航し、六月三日にカリフォルニア州サンフランシスコに入港する。龍田丸の一等キャビン船客には、早川雪洲そして伊藤道郎もいた。この二人に関しては、日本テレビの「知ってるつもり」で取り上げられ、まだ私の記憶にも新しい。雪洲は、言わずと知れた、日本人初のハリウッド・スターである。あのボギーこと、ハンフリー・ボガードは、雪洲に憧れて映画界入りしたと聞く程、exotic（エキゾチック）な国際俳優である。道郎も又、西洋と東洋文化を見事なまでにフュージョンさせ、無国籍モダン舞踊スタイルを銀幕で披露し、絶大な支持を受けた。私には「怪人フーマン・チュウ」のイメージしかないが……。それぞれの目指す職業《みち》は違えど、夢二も同じく、西洋と東洋美術を上手《うま》くブレンドさせ、独創的芸術スタイルで成功した画家だ。三者三様、似た者同志が鉢合わせした船旅であった。そうそう、「知ってるつもり」と言えば、夢二が取り上げられた時制作会社の方々に私がインタビューされ、番組に多少なりとも貢献出来る話と資料提供で協力した事を思い出した。

夢二がアメリカで本格的な展覧会を開いたのは一九三一年九月二十三日から三十日迄で、場所は西海岸でも屈指の観光地であるモントレー半島（Monterey Peninsula）に面したカーメル市（Carmel City）のセブン・アート・ギャラリー（Seven Art Gallery）だった。絵画を二〇点、それに得意とした人形一〇体が出品された。時の大富豪達によって建てられた別荘が競い合うように立ち並ぶ美しいこの街は、野生のアシカやラッコが愛らしく自由気儘に海と戯れ、街の住民とは互いのプライバシーをバランス良く尊重しながら共存している、長閑《のどか》な名勝地だ。ハリウッドスター、クリント・イーストウッド（Clint Eastwood）が市長を務めた事で知られるこのカーメルには、ゴルフ愛好者にとっては憧れのコースとされる、海越え7番ホールで有名なペブルビーチ（Pebble Beach）もある。まだ歴史の浅いこの国にあって、このモントレー半島にはスペイン領土時代の名残が色濃く残る史跡が多く見られ、彦乃を亡くし、さらに、震災によって総てをなくした夢二にとっては挫折感を癒す恰好の静養地であり、制作意欲を十分にそそる救いの地となった。わずか一年足らずのアメリカ滞在期間中、一〇〇日間もの日数をこのモントレーで過ごした程だった。そんな夢二も、十一月にはモントレーからロスアンゼルスへと移るのだが、この頃のアメリカはあのブラック・マンデーの時期と重なり、アメリカ経済市場最悪の景気低迷による不況のどん底にあった。正に、大恐慌のトルネードが吹き荒れる中で、幾つかの展覧会を試みるものの、「すこしゅううつなり。一毛もうれない」と、その時の挫折感が九月三十日付の日記に誌されている。

これは親しくさせて頂いている竹久みなみ（夢二の長男虹之介の一人娘）から聞いた話だが、丁度同じ頃（一九三一年）、後の内閣総理大臣三木武夫氏がロスアンゼルスに留学をしていたそうで、夢二と出逢っている。いずれにせよ、ロス滞在中の日本人のほとんどと言っていい人々がたむろするのが〝リトル東京〟である。この狭い一角で、〝時の著名人〟と〝一般人〟が、一時の交流を持つのはいたって簡単に図れる。日本を愛し、懐かしむために集まる地域であるから。外国空《みしらぬ》の下では、皆寂しさの末、人間愛に飢える。島国育ちの日本人は、そうした意味では寂しさに脆《もろ》い所がある。やたら、センチメンタルに浸《ひた》る人種だ。故に、侘寂《わびさび》を持ち合わせた長所もあるが……。二人は、何を話し合ったかは分からないが、心境的には"One of a Kind"（同類）の、ロンサム・ストレンジャーであったことは確かだ。

カリフォルニア州に限るわけだが、一六ヵ月間も滞在したアメリカに夢二が別れを告げたのは昭和七（一九三二）年九月十日だった。夢二は再び夢を欧州へと向け、San Pedro Harbor（サンピィドロウ港）よりドイツの貨物船タコマでパナマ運河を抜けて、フランス、そしてベルギー経由でドイツに到着する。その時、彼は無一文に近い状態だった。失意のどん底にあって、アメリカ経済最悪の時代を目の当たりにした夢二には、華麗な銀幕に映る優雅さとは余りにもかけ離れた現実があったが故に、多くの日系人達の恩恵を受ける羽目になるのだが、夢二と言う人は感謝を述べる事の出来ない人格の持ち主である。何故ならば、自分が人に尽くすことも、特別な行為とは思わないでいるからだ。「出来る時に助け合うのは当たり前」が夢二のポリシーだけに、他人から見れば、「何と言う薄情な人だろう?」と、とられても仕方あるまい。ともあれ、不二彦おやじさん曰く、「夢二は〝絵空事〟をよく口にした」と振り返る。絵が、絵空事であっても差し障りはないが、私生活となると誤解も招く。

アメリカを出る際、夢二は出国手続きもとらず出航してしまった。その結果、リヨンの米国領事館からの呼び出しにより、きついお灸をすえられている。夢二は滞欧日誌にこの珍事を、次のように記述している。「植民局へ通告しなかったといふのだ(お陰で私もきゃりほるにあの植民扱いだ)、はんぶるくからぱり、ぱりからりよんと逮捕状が私を追ひかけてきて……」と東行き国際列車の中で書いている。「なんとかなるさ」の夢二流絵空事が招いた一件だ。

サンピィドロウ港からハンブルグまでは当時、おおよそ一ヵ月間の船旅だった。九月とは言えカリフォルニアのこの時期では、まだ半袖一枚で過ごせるが、向かったヨーロッパでは初冬の肌寒い季節が待っている。夢二の懐の寒さも、言うまでもない。坂井米夫氏や、高橋しげ(〝メインのママ〟なる夢二をサポートした一人で、ホテルの経営者)など数人に見送られた夢二は、真新しい靴や"Salome"なる煙草をプレゼントされ、船へと乗り込む。この時、船上で出逢ったマリイと言う英国人娘をモデルに、"FAREWELL AMERICA"と題した油絵を描いている。船上で見つけた板をキャンバス代わりにしたのは、ロスアンゼルスでの"YUME ART STUDIO"の看板描きと同じ手法と思われるが、明らかな違いは、その時の心境とでも言うべきであろう。看板に描かれた、掌の中に大きく見開いた眼は、いかにも、これからの大いなる希望を象徴している。しかし、この少女を描いた夢二は、「アメリカよさらば、私は絶望した！」と、言いたげな程の暗い色彩によって表現している。何も、アメリカが悪い訳ではない。時代が悪いだけだったと、アメリカ国籍である私としては付け加えておきたい。

「いずれ身の末は野ざらしと覚悟の上」と、日記に記されたように、夢二は、「ヨーロッパの地で散るのも、俺らしくていいか」と思ったに違いない。そして、ここなら夢の一つも咲かせる出逢いが待っているのでは、の期待も夢二の心の中にあったのだろうが、その期待は大きく崩れることとなる。ここでも、ヒットラー率いるナチス・ドイツによる戦火の火種がくすぶり始めていた為に、その煽《あお》りを受け、生活は一向に良くはならなかった。

多くの著者が、夢二を「放浪の……」なる形容詞を付けることにうんざりしていると言った私が、敢えて、〝Vagabond（放浪）夢二〟と呼ぶのには訳がある。私の意味する所の〝放浪〟は、求める「夢」への放浪の旅であり、その夢は、〝心の真実〟を掴む放浪である。夢二にして見れば、ただ単に、彦乃さんとの想い出を纏《まと》い、二人で〝夢探し〟に出掛けた「放浪の夢紀行」であったのかも知れない。

XIV　怪盗ルパンと解答夢二

夢紀行

夢二の求める〝夢〟とは何か？　夢を求めた茂次郎青年は、筆名にまで〝夢〟を取り入れた。人間は誰しも、大小に拘らず夢を持って生きている。「医者になりたい」とか「宇宙飛行士になりたい」等、将来実現させたい願望又は、理想目標を〝夢〟と呼ぶ。夢二は、ひたすら、自分の夢とは何であるかを探し続けた放浪者であった。富や名誉は若くして手にしていたが、それには興味も示さず、何かを求め続けた。この頃、既に、夢二の身体を病魔は蝕《むしば》み始めていた。人間は、生命の光《パワー》が薄らいで来ると、自然にその最期を察知する能力を持っているのだろうか。夢二は、長い流離《さすら》いの旅が、一刻一刻と終わりに近づいていることを悟るかのように、想像も付かない、人間としての本領に燃え、眩しいまでに〝夢〟の花を咲かせた。それは、これまで夢二の肩に重く取付いて離れなかった有り難くない形容詞を、総て覆《くつがえ》すものであった。

怪盗ルパンは姿を現さずして、ヨーロッパ中の美術品を盗みあさることで、パリ市警に挑戦状を突きつけた。しかし、ヒットラー率いるナチス・ドイツ軍は、堂々とその悪の限りをユダヤ民族に向け、略奪や財産の没収を重ね、それは正に世界、いや人間界への挑戦状であった。

〝花の都パリ〟は、美術を志す者にとって憧れるのは当然である。画家の足跡を辿る時、人生の中にパリ（あるいはヨーロッパ諸国）と関わる一ページが有るか無いかで、その人物に対する価値観が変わる程のStatus Symbol（ステータス・シンボル）となる。おやじさんの手元に保管された三冊の夢二スクラップ・ブックには、ゴッホ、ゴーギャン、ムンク、ヴァロットン、マネ、セザンヌ、ローランサン、ピサロ、ビアズレーら多くの切り抜き、図版が几帳面に張りつけられている。中には、ヴィルヘルム・レーンブルック（彫刻家）やラヴェンナ（モザイク・アーティスト）といった、画家のコレクションに限らない物もあり、夢二芸術を知る上に重要な遺品と言える。これらの資料から見て、外遊記なる夢二の旅は、ヨーロッパを終点地としたのも当然と言えよう。しかし、夢二の眼に映るヨーロッパに〝花〟は一輪も咲いていなかった。

一九三二年十月十日から翌三三年八月まで滞欧した夢二は、主にベルリンとウィーンを拠点にパリ、リヨン、ハンブルク、プラハ、ジュネーブ、チューリッヒ、ベルギー、マドリッド（サロンドオートンノを見学している）、ローマ、そしてクレタ島あるいはギリシャなど多くの地を積極的に廻っている。迫り来る〝なにものか〟をひしと感じながら、悔いのない時間を取り戻そうとしたかのようなバイタリティーである。独裁者ヒットラー率いる軍国主義に対する拒否反応は、止め用のない怒り現象となって夢二の心の奥深くで燃え始めていた。いずれにせよ、懐の貧しさには勝てず、ここでも夢二は現地日本人のお世話になる。

ベルリン日本大使館のアレキサンダー長井氏を初め、幾人かの協力を得て、美術教育者であるヨハネ・イッテン氏に巡り逢うこととなる。イッテン氏のお世話により、夢二はイッテンシューレ美術工芸学校にて、三三年二月から六月まで日本画を教える機会を得るのだが、タイプ手刷りによる13ページに及ぶテキスト「一天画塾」を作り、学生たちに配ったそうである。和筆彩色の静物画をあしらい、「日本画についての概念」と墨書されたという。アンネリーゼ・イッテン未亡人によって、当時のテキスト二冊が今も保存されていると聞く。その外に数々の夢二作品と、当時のスナップ写真もあると言うから驚きである。多分、イッテン夫人が嘱託理事を務めるリートベルク美術館での保管と、推測される。是非、拝見したいものだ。

ヒットラー政権成立によって公費補助を打ち切られ、経営破綻の危機に追いやられたイッテンシューレ美術工芸学校で、皮肉にも、職を求めて紹介されたはずの夢二は、恐らく無報酬で協力をしている。しかし、先に述べた、アメリカにおいての生活同様に、「尽くす」も「尽くされる」も当然と思う夢二には、自分の行動を大して評価していない様子が日記から窺える。

東洋からの流離い人〝ユメ・タケヒサ〟より多大な影響を受けた当時のイッテンシューレ美学生に、ユダヤ系ドイツ人エバ・プラウトさんがいる。その夢二の影響により、プラウトさんは後パリにおいて美術教授に就任する。夢二が残したユメジイズムとでも言うべき民衆生活芸術論は、こうした教え子一人一人によって、静かにヨーロッパの地に浸透していったようだ。

「夢二の〝夢〟とは何か?」のanswer（解答）は、常に夢二の心の中にあった。幼き三歳にして、夢二が夢中になって描いた落書きは、広い野原を〝自由〟に駆けめぐる「馬」だった。明治三二（一八九九）年神戸中学校（現・神戸高校）に入学し、熱狂的ファンになったのが野球である。この頃から、馬の絵と共に、広い野原で〝自由〟に遊ぶ「野球少年」のスケッチも加わり、この二つのテーマは大人になってからも一貫して続いたと言う。「親父の絵からは、想像もつかないだろうね」と、おやじさんは笑いながら私に言った。「もっとも、夢二は野球競技その物に参加するような、肉体的バイタリティーの持ち主ではなかったからね。勝つか負けるかを激しく競う、エネルギーのぶつかり合いに感動していたようだね」と説明してくれた。一見貧弱で物静かな夢二だが、激しく燃える炎がじっと胸の奥深くに潜み、燃焼させる時を待ち続けていたのではないだろうか。スケッチに秘めた二つのテーマを分析すれば、〝自由〟の二文字が浮かび上がる。私は、ここに夢二の求めた、「夢」を解く鍵を見出した。その、夢二に宿る炎を点火させたのが、ナチス・ドイツによるユダヤ人虐殺であった。反ナチスを叫び、夢二はユダヤ人救済運動に携わるのである。一般旅行者に過ぎない夢二としては、当時のユダヤ人虐待問題は、同情こそすれ、関わりを持つのは〝命あってのモノダネ〟と、見て見ぬ振りをしても決して責められなかったのではないかと思う。しかし、〝人間夢二〟がそこにあった。

昭和八（一九三三）年三月から四月の伯林《ベルリン》客中記「望春」に、次のような感情を記している。

世界の世論がどう動くか。何処か猶太《ユダヤ》人の住む土地はないか。猶太国の建設が見たい。ぞろぞろと街を歩く人の不気味さ。葬列よりも重く寂しい。思ひ上がつたナチスの若者の、鉄兜の銭入をガチャつかせて行く勇ましさも何か寂しい。

数有る夢二の口癖の中でも、おやじさんにとって印象深く残るのは、「俺にはユダヤ人の血が流れている」だった。ヒットラー政権を憎み、弱者で迫害を受けるユダヤ人に、限りない同情を寄せている。無宗教ではあったが、生涯夢二は、ポケット・サイズのバイブルを身の回りに置いたと言う。キリスト誕生の聖地であるエルサレムを、彼らの安息の地と願う流浪民族猶太人《ユダヤびと》に、共感を抱いたのは当然と言えよう。

映画「シンドラーズ・リスト」に観るユダヤ人救済シーンは、多くの人の脳裏に劇的な感動として残っているに違いない。しかし、あの厳しいナチス・ドイツの網を掻い潜りユダヤ人救済に命を掛けた、知られざる人物はたくさんいるはずだ。誰一人、英雄を意識して振る舞った行動ではないであろうが、私達はその一人一人を〝英雄〟と呼ぶべきである。〝生きる権利〟〝自由の権利〟を平等にと、唯一のpolicy（思想）を懐《いだ》き続けた夢二も又、その知られざる英雄の一人であった。卑劣極《ひれつきわ》まるナチス・ドイツを目の当たりにしたこの時だけは画家でも、詩人でもない、自由を愛する竹久茂次郎であった。その茂次郎は、バイエルン教区の副牧師であるヘルマン・ノットマイヤー氏から救済の要請を受けることとなった。捕われの身となれば、銃殺は免れない。そのmission（使命）内容は、ユダヤ人救出の際、国外でのユダヤ人受け入れ先を確保するための連絡係であった。夢二は我が身を顧みず、見事にこの任務を果たしたそうである。「私たちの呼び掛けを、全ヨーロッパに広げる活動に献身してくれた」と、同師が映画監督藤林伸治さんに熱く語ったそうだ。〝ボランティア〟としてかたづけるには、多大なリスクを背負う。では、何故の行動なのか？　推測や憶測をするのは、余りにも夢二に対して失礼である。本人が心の中だけに残した白紙のページに、他人が文字を書き足すのは邪道と言えよう。故に、純粋に夢二の正義感を評価したいと思う。強いて付け加えるならば、夢二のヒットラーに対するアンタイ・フォース・アクション（反軍事行動）は、決してその場での突発的なものではなかった。

「夢二は彦乃さんの死と共に、自分の時間を止めてしまった」と、私は先に述べたが、実は、四十八歳の夢二がロスアンゼルス・リトル・トウキョーでの「芸術同好者新年宴会」会場において、「私は三十七歳。いや、三十七の年に心中をして死に損なったのです。死んだも同じですから、今の命はエキストラだと言えましょう」と、発言している。エキストラの命ならば、この上夢二にとってなくす命は無い訳で、自分の信念に辿り着いた者にとって、恐れる物などあろうはずもない。それにしても、あの貧弱な夢二から、これほどまでの勇気と決断が生まれようとは。違う国籍を持つ人達の心が、夢二の心の中で一つになれた感動的な力が齎《もたら》す所以《ゆえん》だったのだろうか？　夢二が命を賭けたのは、〝絵〟でも〝恋〟でもなかった。では、探し求めた〝夢〟とは？……疑問視すれば限りはないが、その解答は幼い頃から描き続けたスケッチに見る、〝馬のように〟、〝野球少年のように〟「自由」と「平和」に生きる社会であった。自ら選んだ名前「夢二」は、生涯の〝夢〟であった「自由」と「平和」の〝二つ〟を叶える為の由来であったと考えるのは、余りにも私のこじつけと思われるだろうか。夢との出逢いは、放浪の旅に終止符を告げ、夢二を日本へと帰国させる事となった。

帰国後、夢二からおやじさんは、レジスタンス活動についてては何も聞かされておらず、多く書き残された、本人のベルリン日記のどこにも明記されていないものであった。ヨーロッパでの夢二映画を撮る為に、取材調査にベルリンを訪れた藤林監督が、偶然発見したこの知られざる夢二ディスカバリーを聞かされ、おやじさんは改めて「月を見ては、子犬を見ては涙した親父の涙は、強さ故に流せた涙だったのが理解出来た」と、語ってくれた。これらの、貴重な情報により、私の探し求めた、〝人間・竹久夢二〟の〝夢〟を解くきっかけを頂き、今は亡き藤林監督には、改めて心より感謝を申し上げる次第である。世間の〝井戸端会議〟から生まれた夢二像が、少しでも解消されれば嬉しい限りだ。

誰に話す訳でもなく、ただ夢二の胸の奥深く閉ざされたままであった、驚くべき真実をこの二一世紀に広く語り継ぐべき役割もまた、私の新たなる使命かと考えるが、当の夢二は「いいよ、そんな事」と照れているのだろう。

XV　虹の轍

〝レジスタンス夢二〟が「島」と呼んだ日本に無事戻ったのは、昭和八（一九三三）年九月十八日午後一時で、靖国丸にて神戸に入港した。おやじさんによると、殆ど休む間もなく知り合いの画商に誘われ台湾へと旅立つが、奇しくも、最愛の彦乃さんと同じ結核によって衰弱しきった身体を引きずるかのように、一ヵ月足らずで帰って来たそうである。見る影は無く、気難しくなっていた夢二は、口数も益々少なくなり、居間で黙ってウヰスキーを飲むだけの日々を送ったと言う。それもそのはず、台湾では全ての作品が行方不明になってしまったとやらで、どうやら、騙されての帰国だったらしい。それでも、時折機嫌の良い日は、ベルリン画会塾での話題に熱が入り、懐かしんでは話をしたそうである。ベルリンに咲かせた夢二の正義感、まるでモーゼの導きの如く、幾人ものユダヤ人を救済出来た喜びをウヰスキー・グラスに浮かべては、一人偲んでいたのではないだろうか。しかし、ちこはおろか、日記にさえ残さなかったこの夢二の生き様を、私とおやじさんは心の中にいつまでも、永遠の〝英雄〟として残しておきたい。

　おやじさんが結婚報告をした時、夢二はポツリと、「お嫁さんは、なるべく一人にしておけよ」と告げたそうである。多くの浮名を世に提供し続けた夢二のこの一言は、まるで、ドロボウがお巡りさんに「真面目にやれよ」と、説教をするほど可笑《おか》しく取れるかもしれない。だが、私にはとても意味深く感じるものがある。「俺も彦乃と一生平凡に暮らしたかった……」そう言いた気な、夢二の心境が胸に伝わる気がしてならない。

　この頃、夢二の肉体を蝕《むしば》む胸の病は、日本において最も恐れられていた病気だった。気遣っては、度々医者に診てもらうよう勧めたおやじさんだったが、「大丈夫だ」と言い張る夢二だった。彦乃さんに逢える天国へと、心の旅支度をしていたのではないだろうか。友人で、結核専門医である正木不如丘《ふじょきゅう》氏によって診察された時は、既に手遅れの状態であったらしい。信州の富士見高原療養所へと向かう夢二を新宿駅で見送ったのが、おやじさんにとって最後の別れになるとは思いもしなかったであろう。自分の父親の死を新聞紙上で知らされた時、いったいおやじさんは、夢二との、どの想い出を懐かしんだのだろうか。それとも、ただ呆然と、空白に包まれた長い一日だったのかも知れない。生涯、純粋な子供のように生きた夢二を、人は「身勝手だ」と決めつける。世間の目には、放蕩三昧に明け暮れる人生を全うした夢二に映るであろうが、その世間が、どれだけ夢二のような芸術至上主義者《げいじゅつしじょうしゅぎしゃ》の心理がわかると言うのだろう。正直に生きる事の難しさも、これまた世の常なのか。

ダヴィンチがそうであるように、多くの芸術家達の中には、時の予言者であるかの如き記録を残す者も少なくない。夢二は昭和二（一九二七）年十二月二十八日発行の「露臺薄暮」春陽堂版の中に、次のような詩をおさめている。

遠い戀人
Yesとも Noとも書かないで
九月一日の朝出した手紙が
あなたへの最後の手紙。
ゆくへも知らぬ私は旅人。
その日のままに　あなたは遠い。
生き死にさへも知るよしもない
遠い戀人。
Yesとも Noともいまはいひやるすべもなく。

これは、大正一二年九月一日に東京を一瞬にして襲った関東大震災をうたった一篇であろうが、夢二はもっと次元を越えた、これから七年後に訪れる自分自身の運命と亡き彦乃さんをうたっていたのではないかと思う。そう考えると、これを発見した私は、改めて夢二に震えた。

昭和九（一九三四）年九月一日午前五時四〇分、遊び疲れた悪戯《いたずら》っ子が眠るように、看護を受けた人達へ「ありがとう」と一言残して、彦乃さんの元へと最後の旅立ちをした。数え年で五十歳だった。

日にけ日にけかっこうの啼く音ききにけり
かっこうの啼く音はおほかた哀し　（辞世）

夢の虹橋に、夢二は消える事のない轍を描き残し、今なお、多くの人々にその感動を与え続けている。

岡山の夢二生家前にて不二彦氏と著者

XVI　夢二の輪

夢二は雑司谷の墓地に眠る。その墓標には「竹久夢二を埋む」と、有島生馬先生筆によって刻まれている。ここは、東京都豊島区の史蹟として指定されているらしい。毎年九月一日の命日には、生まれ改郷の岡山県に保存されている生家にて、「夢二会」なる、愛好家の人達数百名が集まり、夢二を偲ぶ会合が開かれている。

私もおやじさんに誘われ、この会に参加したことが幾度かある。特に思い出深く印象に残るのは、アルバム「歌時計」を発表した昭和五九（一九八四）年の会である。その時ばかりは、不二彦の息子としてではなく、アーティスト竹久晋士としてのゲスト・スピーカー参加であった。日本の歌謡史を語る際に欠かすことの出来ない、古関裕而先生のご列席にも拘らず、まだ若輩者である私が挨拶をした。講演の最後に、「夢二が息子に誕生祝いとして贈った詩に、私が曲を付け、父に贈りました」と挨拶をし、アカペラ（無伴奏）で「歌時計」を歌った。歌い終えると、古関先生が私の側まで歩み寄り、「素晴らしい曲を作りましたね」とご評価下さっ

笠井彦乃さんの妹千代さんと著者

た。このことは私の心の中で一つの勲章としてそっと大切にしまっている、思い出の一つだ。

古関先生にとっても夢二は忘れる事の出来ない人物で、先生の処女作「福島夜曲《セレナーデ》」が、夢二の詩による作品だからである。当時、無名の作曲家志望でいらした古関先生は、福島で開催された夢二展にて拝見した詩をその場で写し取り、無断で夢二の詩に曲を付けた。翌日、恐る恐る、譜面を持って夢二の宿舎を訪ねたそうだが、お叱りどころか、とても喜んでいただけたと言う。実は、古関先生はこの処女作を忘れていた。夢二が几帳面に保管していた譜面を、私はおやじさんから戴いていた。後《のち》、私が夢二の著作権を管理するため、株式会社パピー・ミュージック・コーポレーションを設立した際、その譜面をご本人にお返しすべきと判断し、おやじさんの許可の元、古関先生にお送りした。処女作品の譜面と数十年振りに対面した喜びを、先生はある新聞のインタビューで語っていらしたのを思い出す。譜面は、私がお送りしたものであることには触れられなかった。残念ながら、その数年後、昭和歌謡史を飾る火がまたひとつ消えた。現在、その譜面は故郷の福島市に建てられた、古関裕而記念館に展示され、館内に流れるテーマ曲になっているそうである。

東京でも、秋声の響きを感じさせる夢二の命日ともなれば、年代を越え、多くの人々が雑司が谷墓地を訪れる。さながら、初秋の散歩道のような光景である。手を取り合うカップル、一人夢二の詩集を片手に訪れる娘さん、親の時代から愛好家だと言う年配者……様々である。だが、いくら長寿国とは言え、夢二の時代をリアル・タイムで知るご年配者は、さすがに捜すのも困難になりつつある。その中で、お付き合いをさせて頂き、私のコンサート等《など》にもご参加戴く方に、笠井彦乃さんの妹・笠井千代さんがいらっしゃる。夢二が〝しの〟（彦乃）さんに贈ったとされる帯を見せて頂いた事があるが、夢二の情熱が伝わって来る贈り物であった。

私が音楽制作やシンガー・ソング・ライターの立場で、夢二をライフ・ワークとして取り組んで、早三〇年以上にもなる。まるで私が〝オジン〟であるかのように聞こえるかも知れないが、ただ単に、若くして夢二の導きと魅力に目覚めただけであると認識願いたい。こうした説明たらしい言い訳の方が、読者にからかわれそう……。夢二の絵、そして詩に学《まな》び、竹大和の世界は画竜点睛《がりょうてんせい》を極《きわ》め、確実に歩み続けている。夢二の紡ぐ「輪」によって。

XVII

Destiny

マイ・ファミリー

久し振りに降り立つサクラメント空港には、千尋《ちひろ》の海の如く、カリフォルニア・ブルー・スカイがどこまでも広がり、取って付けたような綿雲がフワフワと優雅に浮かんでいた。レンタカーを借りて家に向かうのだが、私の生活していた頃はまだこの空港は無く、見覚えの無いニュー・フリー・ウェイ（新高速道路）にも手こずる始末だった。知り尽くした町と甘く見て、高を括ってのドライブが何とも心細い。我が町にこんなフリー・ウェイが出来ていたのかと感心する程〝お上りさん〟になっていた。そう思うと、少し寂しくも感じた。だが、どうにか馴染みの家並が近づくにつれ、笑顔で迎える母の姿が脳裏に浮かび、ホッとする実感が湧いた。張り詰めていた気持ちが仕事から開放され、疲れの波がドッと押し寄せる。だが、母の笑顔には、いつでも私の疲れをやさしく労《いたわ》るかのような温もりがある。何と、フリー・ウェイは、家から一分の所まで延びている。つい数時間前まで、レコーディングに追われながら通い続けたロスアンゼルスのハイウェイ・パニック状態からは程遠い、片側だけで五車線もあるフリー・ウェイは、前後に車の姿は見えない。当時のカリフォルニア州知事は、お馴染みのロナルド・レーガンであった。役所勤めで、カリフォルニア州開発事業部に携わる役員をつとめた、私の次兄ヒトシに、「よくもこんな無駄な道路を造ったもんだと、レーガンに言っておいて」と冗談……?　を言うつもりでいた。

母にとっては、レコーディングの話よりも、私が日本でちゃんと食べているのか、生活に不自由は無いかの方が気になってしようがないらしく、終《しま》いには、「いつ帰って来るの?」である。幾つになっても、母にとっての私は、十九歳の時シスコの空港で別れた、あの日のままだったのであろうか。

実家の近くに住むヒトシとの会話が弾むと、必ず出るのは、サンフランシスコでMasashiがニコッと笑ってエクボを見せなかったら、どうなっていたか分からないという、あの例の一件話になる。誰にでも一つや二つは、壊れたレコードのように、繰り返す語り種《ぐさ》はあるだろう。親無し子で育った頃は毎日のように、ターザン役の私に捕われる、ワニや原住民役で相手をしてくれた、優しい兄である。

翌日には、長男タケシ夫婦が、車で少し離れた所から訪ねて来る。兄二人は、全く日本語を話そうとはしない。ヒトシのワイフSeikoは日系二世で、日本語は大の苦手である。タケシのワイフ順子は、和歌山県出身なのだが、それでも、兄は日本語を使わない。長男タケシとは年が離れているせいか、取っ組み合いの喧嘩をした記憶も無いが、なぜか〝コワイ〟。幼い頃、串本でドジョウ取りについて行き、タケシの捕まえたドジョウを逃がし、とても叱られた恐さがトラウマになって残っているせいだろう。だが、苦労の末、兄が捕らえたドジョウを逃した事への申し訳なさの方が、悲しみとして未だに大きく心に焼きついている気がする。おそらく、私が三歳だった頃の記憶《おもいで》である。長閑《のどか》な春の息吹に芽生える田園風景での、子供心に残った侘しい出来事だ。思い起こせば、母を見送る串本駅のプラットホームで、悲しさに涙するヒトシを見て、ケラケラ笑ったタケシが、歳月とともに、実は一番涙もろくなっていたのには驚いた。それでも〝コワイ〟。最近では、朝、寝起きの洗面時に鏡で見る自分の顔が、似ていないと思っていたタケシに似てきたのは、もっと〝コワイ〟！

　母の名はGrace、花子である。名前の通り、優美で花の如く可愛い人である。母には、いつも洗いたての洗濯物のような匂いがする。物静かながらも、笑う事の大好きな母との想い出は、モントレーの砂浜で駆けっこをしたことや、「串本節」を歌うと、何故か途中から、必ず「木曽節」に変わってしまう、そんな母がいつも瞼《まぶた》を過《よぎ》る。〝歌音痴〟が似なかったのは、幸いだった。しかし、私の甘党は、母譲りである。母のコーヒーカップには、必ず半分迄しかコーヒーは入れない。残りの半分は、たっぷり目のシュガーとコンデンスミルクで味付けされる。トーストに至ってはバターを塗り、その上にシュガー、あるいは、コンデンスミルクをかけて食べるといった調子であった。更に、その上ハチミツもかけると聞けば、甘い物が苦手な人には身震いが起きる話であろうが、私も又、ケッコウ好きな食べ方である。ジャムはトーストから溢れ落ちる程、タップリ付ける癖も母似だ。ジャム・メーカーが泣いて喜ぶ話だが、これで、糖尿の気配も無いのが不思議だ。母は亡くなる迄、ほとんど自分の歯であった。正確に言えば、アルツハイマーで寝たきり生活に入ってからは、自然に歯が抜け落ちてしまったが、それまでは虫歯になった経験もなかった人だ。また、母は小柄であったが非常に足が速く、これも母から譲り受けたものだ。

時には忘れるため、過去に置き去りにしたはずの思い出が、時空を越えて追いついたりもする。車のドアを開け閉めするのは、アメリカ社会では男の役割である。乗車したと思い込み、閉めたドアに母の指を挟んでしまったことがある。三五年程経っても、思い出したくないその瞬間は、時折頭の中を交差する。お蔭で、同じ失敗はこれまでにないが……。私が母似であると書けば、母のイメージが壊れそうで気になるが、まぁ、兄弟の中では一番似ていると述べておこう。

「カリフォルニア・ウーマン」は言わずと知れた、母を恋人に例えて作った曲である。

「窓に綺麗な花飾り　迎えてくれ」の歌詞に母〝花子〟を置いた。いつも恋人のように笑顔で私を迎えてくれる、そんな母への感謝の気持ちから生まれた歌詞だった。

カリフォルニア・ウーマン　作詞・作曲：竹 大和

California Woman　いま愛車《くるま》を　飛ばして行くから
窓に綺麗な花飾り　迎えてくれ
California Woman　見えてきたよ　懐かしい町が
優しさをあたり前と　思いこみ町を後に
当てもない刺激もとめ　いろんな人と
ゆきずりの安らぎ　求めあったけど
想い出しては　My California Sweet Woman

California Woman　許してくれ　若い我儘を
すこし大人になる為に　旅をしたが
California Woman　いま気付いた　俺の住む町を
青い空に見蕩れて　気が付けば浮雲に
心乗って愛しい人　ひとり置き去りに
見果てぬ夢やぶれ　ふるさと呼んでる
明日は帰ろう　My California Sweet Woman

California Woman　もう少しで Sunset にとけた町
夢を包んで待ちわびる　お前が好き
California Woman　その唇　優しい笑顔が

California Woman　もう二度とは離しはしないさ
俺を許すと届いたよ　うれしい便り
California Woman, California Woman
My Sweet California Woman
California Woman, California Woman
My Sweet California Woman……

合縁《あいえん》

母を安心させる目的で、懸命にレコーディング談話に自慢の花を咲かせた。その中で、ライフ・ワークとしてのテーマが見つかり、それが、母の所持しているレコード・ジャケットの絵を描いた、竹久夢二と言う詩人画家である話をした。すると母は、「夢二さんなら良く知っているわョ」と即答した。ヘェー、日系二世の母にも夢二は知られていたのかと、その人気振りに改めて驚いたのだが、そうではなかった。母は、個人的に良く知っていると言う。息を飲む衝撃が走り、言葉が出ない。このようなシチュエーションは、言葉や文字でどう表現して良いのか、実に難しい。一瞬、私の頭の中の時間が止まったかのようだった。

母は一枚の写真をアルバムから取り出し、見せてくれた。いかにも時代を物語る、そのセピア色の白縁の中に、何と、未だ十五、六歳の頃の母と夢二が仲睦まじく写っているではないか。夢二がロスアンゼルスにて開いた、「YUME アート・スタジオ」の看板の下である。建物は現在もギャラリーとして存在するそうで、「北モット通り 122 1/2」と、写真で読み取れる。母の妹文子（叔母は現在もロスアンゼルス在住）と、母の叔母にあたる松原家の人達とで、夢二を訪ねた時のスナップ写真だそうである。私が夢二の息子と親しくしている事や、その人の名が不二彦さんである事を伝えると、母は、「不二彦の名前には聞き覚えはないが、夢二さんからは、『私には、ちこと言う、貴女と同じ歳ごろの息子がいる』と聞いたわョ」と語った。紛れもなく、〝ちこ〟おやじさんのことである。夢二と母の縁によって、数十年前から一本の糸で繋がれていたとは。「世間は狭い」とよく言われるが、これはもはや、物理的な理論や理屈ではない。おやじさんとの縁は、この広い東京の空の下で、私が一所懸命、見えない糸を手さぐりで手繰《たぐ》り寄せた結果巡り逢えた destiny（運命）であると思っていただけに、驚きであった。ひょっとして、悪戯《いたずら》っぽい目をした夢二が、天空からこの縁結びをニヤニヤしながら楽しんでいたのではないだろうか。透明であった糸ははっきりとその形を表した。

私の祖父は日本、アメリカ（ロスアンゼルスとサンディエゴ）、南洋パラオにおいて成功をおさめた人だった。詳細は聞いていないが、マーケット、カフェ、魚介の缶詰工場、ホテルやレストラン等が事業の一環であったらしい。当時、これらの国境は果てしなく遠く、海を越えれば、二度と帰れぬ程の覚悟を必要としたであろう。そんな時代に、三つの国を行き来した祖父は、大変偉大で行動的な人であったに違いない。第一次世界大戦後の戦火がもたらす人種差別の影響によって、築いた財産はほとんど手放し、やむなく日本に帰国したらしい。しかし、ロスアンゼルス在住の頃は、多少ながらも日本から訪れる著名人達のお世話は出来たそうで、夢二もその一人であったと言う。East 1st Street（東ファースト通り）に設けられた祖父の店は、多くの日本人にとって憩いの場所であったようだ。YUMEアート・スタジオは、ここからエバーグリーン迄下り、東本願寺別院の近くが所在地であったらしい。この界隈には、他にこれという日本人マーケットも無かったらしく、ターザン映画で知られる、ベルリンオリンピックの水泳金メダリスト、ジョニー・ワイズミラーなどハリウッド・スターも数多く出入りをしていたらしい。店には"Soda Fountain"（ソーダ・ファウンテン）の看板が掛かっていた。エリオット・ネス率いるＦＢＩと、暗黒街のボス、アル・カポネによるドンパチが盛んな禁酒法時代なので、こうした喫茶店が良く流行ったそうである。良き時代のハリウッド映画に多く見られる、アイスクリーム店に近いものだったが、奥では果物、お菓子、食料品の販売も営んでいたと言う。小説「侍日本」で知られる作家の群司次郎正《ぐんじじろうしょう》、俳優大川平八郎や、歌手藤原義江氏等との写真も母のアルバムに見た。銀幕のハリウッド・スターから、日本の著名人に至るまでが顔を出すこの店で、着せ替え人形の如く飾られ大事にされていた母は、看板娘であったらしい。取り分け、大好きなクラーク・ゲーブルでも現れない限り、有名人に驚く母ではなかった。夢二の女

YUME アート・スタジオの前で夢二と著者の母・花子

性遍歴なる噂に、祖父も最初は神経を尖らせていたらしいが、訪ね来ては、息子ちこの自慢話をする夢二に、祖父は大変共感を抱いたそうである。母による夢二の印象はと言えば、「何と色の黒い小父さんだろう」と思ったそうだ。だが、その紳士振りと物静かさには、売れっ子画家の奢りはなく、子供思いの良き父親像しか映らなかったと言う。ロスで夢二と恋仲になったと噂される女性、メインのママの話しを祖父に聞くと、年頃の娘を持つどこの親もそうであるように、母を叱りつけたそうである。母の説では、無口であるはずの夢二もちこの話に交え、旅先でのエピソードもよく語ってくれたらしい。お礼にと、幾つかの詩や絵を色紙に描いてくれたりもした。母を描いた色紙絵は祖父によって保管されていたが、戦争で全て消滅……残念である。あれば即、「お宝なんでも鑑定団」に出演したのに。「夜のピコを東へ奔《はし》り……」（ピコとは、Pico Blvd.＝ピコ大通り）で始まる詩を残してくれたそうであるが、母からこの話を聞いた時、愚かにも書き残さなかった。母亡き今は、その後の詩がどう続いていたか知る術もない。〝いつでも聞ける〟と言う、心の隙があった。アルツハイマーによる一三年間の闘病の末、一九五年三月二日（実父、剛の誕生日）、日本時間で「桃の節句」の日に他界した。八十二歳であった。いかにも母に相応しい日を、神様は選ばれたものだ。日本に住む私は、母と最期の別れはおろか、葬儀に出席する事すら果たせなかった。ひたすら、心の中で許しを願うだけである。

母しぐれ　作詞／作曲：竹 大和

♪まるで迷子の　仔犬のように
母の温もり　求めてみても
冬に抱かれて　春まつような
花の都は　ふきだまり
都会ぐらし夢墓場　夢叶うまでと
希《こいねが》う　まぶたに忍ぶ面影《かお》
　胸に宿るこの　夢物語は
あなたの為にと　誓ったけれど
涙でぬれる胸は　あゝ母時雨

♬親に叛《そむ》いた　訳ではないが
あなたのほんの　ささやかな夢
倖せ願う　心でさえも
安らぐ時の　ないままに
都会ぐらし夢墓場　遠い母慕《おも》う

詫びてみた　「許してくれますか」
　胸に宿るこの　夢物語は
あなたの為にと　誓ったけれど
涙でぬれる胸は　あゝ母時雨

著者の母花子

ビックリちこ

こんなにも遥か以前から、夢二が私の身近に存在していたとは驚きだった。夢二に辿り着くまでの長い道のりや経過を知らない母や兄達には、そんな私の驚きは伝わらない。例えようのない興奮を胸に、日本に戻った。久々におやじさんと食事を共にし、母から譲り受けた夢二との写真を見せると、おやじさんは唖然とした顔で「へェー……」、そして暫く見入るだけだった。おやじさんにとって、私への気持ちが他人でなくなったのは、恐らく、この一枚の写真がもたらした力ではないだろうか。逢うべくして出逢い、なるべくして結ばれた絆である。時間《とき》の深まりと共に、互いの心の中で親子の契りが結ばれていった。そこには、言葉を必要としない〝阿吽《あうん》〟の無言歌が流れていた。「竹取物語」に、〝昔の契りありけるによりなむ、この世界にはまうで来りける〟と詩《うた》われている。少々飛躍のし過ぎとおとりになるかも知れないが、このように、おやじさんと私は前世からの因縁である気がしてならない。夢二に似て、気難し屋だと、人はおやじさんを決めつけたようだが、私はそんなおやじさんを知らない。他人は、おやじさんを理解出来なかっただけのこと。特に目だった言種《ことぐさ》や癖はないが、強いて言えば、私と逢う時はよく例の「エヘヘ」を連発した。余程機嫌が良かったのだろう。刑事コロンボのおかぶをとるような、アイボリー色のヨレヨレのトレンチコートに帽子、そして、古ぼけた茶色の肩掛《ショルダー》バッグがトレードマークだった。今にして思えばいつ頃からだろうか、私もずうっと帽子癖がついてしまったのはこの人の影響だろうか？　画家であるおやじさんに頂いた作品からは、夢二式甘美な浪漫画調がどことなく漂っているように思える。

おやじさんと長田幹雄先生の誘いで、新たに発見された夢二作品の鑑定に二度程立ち会ったことがある。お二人は熱心に夢二画法について語り、実物と贋作を見分ける極意を私に授けた。音楽志向の私としては、意図する処ではなかったのだが、若い者への引き継ぎとして、私への期待があったのだろうか。長田先生が私に向かって熱弁すればする程、側で嬉しそうに聞いていたおやじさんが懐かしい。ある日、おやじさんから私に突然渡された物は、鹿革の小さな袋にはいった、一本の印鑑であった。「これは親父が彫った、竹久家の実印でね。夢二展等に展示してほしいと良く頼まれるが、これだけは出せない。貴方預かってよ」と言われた。たじろぐように私が躊躇すると、「イヤー、コレを持っていると、いつも夢二が側にいて離れないような気がして困るよ」と言う。冗談とも本気とも取れる説明ではあったが、預かることとなってしまった。何かにつけ、夢二に関する契約事は私が代行していたので、「任せるから、必要な時は使いなさい」と言いたかったのであろう。おやじさんが一九九四年四月八十三歳で他界するまでの二三年間、私はこの家宝とでも言うべき〝夢二実印〟を預かっていた。竹久みなみさんでさえ、「話には聞いていたが、見たことが無い」と私に言った。葬儀の後、私は都子未亡人に丁重にお返しした。母の写真に刻まれた、時の流れのように、セピアに包まれつつある想い出色である。

三ママ、三パパ

不二彦氏には、三人の母親役がいた。実の母他万喜、彦乃、そしてお葉さん。

私には、三人の父親役がいた。カリフォルニアのパパ望月留次郎、岳父堀田三郎、そして竹久不二彦である。実父信畑剛《のぶはたつよし》とは、生後わずか三ヵ月間の短い生活であり、思い出などあろうはずもない。終戦直後の背景もあり、父に抱かれた写真すら存在しない。父剛との接点は、私にとって全くゼロに近い。しかし、生命という、この世で最も尊いものを授けて頂いた実父への思いは、信じる神に日々祈る心と同じ気持ちで感謝している。

静岡県清水市出身の望月パパは、若くして渡米し、その苦労は並々ならぬものがあったろう。「男は仕事をするために生まれて来た」の口癖は、私に少なくとも良い影響を及ぼしてくれている。

第二次世界大戦中、在米日本人、並びに日系アメリカ人が強制収容所の生活を止む無く強いられた。働く事の必要性を無くした人間にとって、考えることは、「今日は何を食べるかと、何をして過ごそうか?」である。終《しま》いには、遊びの趣味も次第にエスカレートし、夜な夜なワイヤー・フェンスを掻い潜って荒野へと飛び出す。脱走ならぬ、インディアンの矢尻拾いである。

人里離れた荒野に建設された収容所は、白人とインディアンの激戦が続いた戦場地にあった。ジョン・フォード監督の「駅馬車」に出て来そうな平原地であったのだろう。三、四日分の水と食料を用意しての、命懸けの矢尻探しである。時には、遠くに見える山間部まで足を延ばしたらしい。食料が無くなれば、〝キャンプ〟と呼んだ強制収容所に戻る。「逃亡と思われ、兵隊に撃たれた人はいなかったの?」と聞くと、「いた」と言う。それでも、キャンプを抜け出る矢尻コレクターが絶える事はなかったらしい。

私たち兄弟とは、父子として心の触れ合う機会をほとんど与えてはくれなかった人だが、母には本当に良く尽くしてくれた。兄達とよく話すのだが、それだけは有り難く、一同感謝している。そのパパも亡くなり、〝命を賭けた矢尻〟のコレクションを私に残してくれた。

堀田三郎は私の家内の父である。教養があり、それ以上に人間として尊敬出来た方だった。結婚の決意をし、家内の実家である府中市中河原に出向いた日のことは鮮明に覚えている。どことなく落ち着きのない私の様子を悟り、「マーシー（いつもこう呼ばれていた）、川原まで散歩に行こうか」と誘ってくれた。多摩川に揺らぐ川原の涼しい風が心地よく頬を撫で、私に落ち着きと勇気を与えてくれたことで、人生最大にして最終〝面接？〟に臨む事が出来た。この時、暮れなずむ空の下で、いつか私にも子供が出来、結婚の告白を受ける日が来た時、義父のこの優しい心根を忘れず、子供が選んだ相手に対して同様の思いやりを心掛けようと決めた。残念なことに、義父は七十二歳の早すぎる旅立ちをしたが、語り明かした日々の中で、たくさんの教えを戴いたと思う。

竹久不二彦氏は私にとって、信畑の父をクロス・オーバーさせた人である。剛＋不二彦＝私の中の親父《おやじ》像であった。二三年もの間、実の息子同様に慈しんで下さったこの人の愛情は、私にとって人生のお手本である。絵の好きな私の娘 Karina（佳里奈）にとっても、〝竹久のおじいちゃま〟は格別な人で、描いた絵をおやじさんに褒められる事が、何よりも自信に繋がる嬉しさであった。毎年、一筆書きによるおやじさんからの年賀状は、我が家の楽しみの一つであった。どの親よりも長く側にいた〝おやじさん〟『エヘヘ』の〝おやじさん〟風の吹くままに飄々《ひょうひょう》と生きた〝おやじさん〟夢二に導かれた〝おやじさん〟。その〝おやじさん〟はいつの間にか夢二の存在を遥かに超え、私の心に住み着いている。

XVIII

シンフォニーからの招待状（An Invitation From Symphony）

老けたキューピッド

話が前後するのをお断りさせて頂くとして、私の妻"Wako"（本名は和子だが、本人に直接和子と呼んだ事は未だ一度もない）を紹介するとしよう。彼女との出逢いは竹久のおやじさんの縁結びのお蔭である。朝、昼、夜を問わず、スタジオ時間だけに追われる制作時代の私を、少々気掛かりにしていたらしく、「素敵なお嬢さんを見つけなくてはネ、エヘヘ……」を偶には口走るおやじさんだった。一九七五年六月十二日に呼び出しが掛かり、新橋でいつものようにおやじさんと会う。いつもの帽子にいつものショルダーバッグ姿に近寄ると、「今日は、ある人と待ち合わせをしているので紹介するョ」と言った。その人は山口景昭氏、洋画家である。銀座にある長崎ビル内で食事を済ませ、一杯飲みたそうなおやじさんは「ドイツ・レストランへ行きましょう」と言って、銀座七丁目にあった〝ローゼンケラー〟へと案内してくれた。

地下へ続く狭い階段を降りると、いかにも銀座の歴史を物語りそうな、アンティック風レストランのフロアーが広がる。のちに聞いたのだが、このレストランにはあの〝髭の〟三笠宮殿下もしばしばお見えになったそうだ。丁度、女性歌手がシャンソンを唄っていたが、おやじさんに気付いて、次曲に『宵待草』を選んだ。テーブルに案内され、落ち着いた私は歌に聴き入っていたが、連れの二人はそっち退けで何やら話をしている。どうやらピアノを弾いている〝お嬢さん〟の話らしい。「ああいう娘《ひと》を、画家としては描いて見たいと思いませんか、竹久先生？」「そうですね、素敵なお嬢さんですねェ」。こんな会話をしていると、ステージを終えた女性が挨拶に来た。その女性は、この店の責任者であり、専属歌手だと言う。おやじさんが「今日は息子を連れて来たのだが、彼はレコーディング・ディレクターでねー」と自慢気に紹介した。レコードの話になったので、どうにか私も話に参加ができ、「良いお声ですね」と言った。〝上手い〟とは言えなかった。プロの耳でしか評価できない私は、いわゆるお世辞が苦手なのである。彼女は、レコード『北国の春』でコーラスをつとめたことや他にも幾つかレコーディングに参加したことなどを話してくれた。その間、隣の二人の目はピアニストのお嬢さんに釘付けである。演奏が終わると、「あのお嬢さんをお呼び頂けますか？」と山口さんが彼女に耳打ちして、その女性《ひと》がテーブルへと呼ばれた。

国立音楽大学を卒業したばかりの、堀田和子さんを紹介された。席に着いて、初めて顔を見た。正直言って、美しい人だと思った。テーブルに着いた時からおやじさん達の話題に耳立てし、彼女に興味津々なる気持ちをわざとポーズを作り、無視していただけだった。彼女の大学の先輩がこのレストランでピアノを演奏していたが、ドイツ留学が決まり、急遽、ピンチヒッターを依頼されたらしい。従って、彼女にとっては取り合えず週二日の臨時《りんじ》バイトであったが、その曜日に巡り逢わせた訳である。その夜は一日落ち着きが無く、心はフワフワと宙に浮いたかのようにときめいていた。数日後、おやじさんから「お嬢ちゃんのピアノを聞きに行こう」と電話があったので、喜んで行く事にした。これが偶然にも、彼女の演奏日だった。三度程誘われるがままに通ったが、ある日、たまたま銀座での打合せを装って、一人で食事（表向き）に立ち寄った。「お父様は？」と店の責任者に聞かれ、適当な返事をしたと思う。和子さんが休憩時間に入り、彼女の伴奏で歌っていた音大の友達と、隣のVictoriaへコーヒー・ブレイクに出掛けた。それを見計らって、私もレストランを出た。楽しそうに談話する彼女に、生まれて初めて、まだ良く知らない女性《ひと》にデートを申し込んだ。〝奥手のマーシー〟としては、大胆な行動だった。無論、出し抜けにデートの話では気が引ける。夢二自伝をテーマとした、松竹映画「恋する」のクランク・インを間近に控え、プロデューサーの島津氏より、映画の中で

「宵待草」を唄えるビジュアル系女性歌手を推薦して欲しいと頼まれていた。実際に、その話の相談があったからの勇気だった。その後、私はデートに明け暮れ、監査役としての台本チェックは、入念に済ませていたので、松竹大船撮影所とは一日だけのお付き合いにとどめた。

一〇〇〇万人の大都市東京で、一人の女性、Wakoと巡り逢った。彼女の祖母、堀田つなは驚く事に、夢二の妻、岸たまき（他万喜）が絵はがき店「つるや」を開き、夢二と二人で所帯を待った早稲田鶴巻町の住人であった。百三歳まで元気だった〝つな〟おばあちゃんは、若い頃、学生時代の夢二や留学生周恩来《しゅうおんらい》を、良く見かけたと話した。おばあちゃんの家は、たまきさんの絵はがき店と早稲田大学との間にあり、夢二の通り道であったらしい。早稲田大学の大隈講堂より徒歩一、二分程の正門通りに面した角地に、今も堀田家の本家としてある。当時はそば屋を営んでいたようで、夢二を含め、多くの学生が出入りしたのであろう。これも又、奇遇とか、偶然性として扱うべきなのだろうか？　〝誰々さんの知り合いの誰々さんは、夢二を知っていたらしい〟如きの話であれば、何も驚くことはない。しかし、この世で私個人の生涯において、最も深い関わりを持つ人間になるであろう女性《ひと》の祖母が夢二と接点があったのは、やはり〝導き〟と捉《とら》えるのが自然ではないだろうか。私もこのように本を書き、文字で表すことによって、初めて気付いたこのlogic（ロジック）に驚く次第である。頭の中に納められた思い出だけであれば、形として目に見えない分、一般的に言う、〝偶然性〟で片づけたであろう。私に限らず、人間一人一人が自分の歴史を文字にして繙《ひもと》いて見れば、興味ある発見と数々遭遇するはず。人は逢うべくして、人と出逢っている。そう理解すれば、もっとそれぞれの出逢いを大切にするだろう。それだけで、人間として一つ進歩を成し遂げられるかもしれない。人倫を語る程、私は知識を持ち合わせてはいないが、人は死ぬまで修行。なればこそ、今この人生において回想録を通し、己を振り返る機会を持てたことは、これもまた、意味ある小さな使命だと思っている。

理論付けられない出逢いや出来事を、人は〝たまたま〟とか〝偶然〟で片づける。深く考えること無く、一番簡単に出せる結論であるからだ。しかしそれは何の答えにもならない、曖昧《あいまい》な結論である。最近では、ひょっとしてこの世に〝偶然〟は無いのではと思う。好きな人も、嫌な人も、皆個々にとって、意味ある出逢いをさせられているのでは……仏や神によって。尊敬に値すべき人ならば、師として教えを学べば良い。あるいは、嫌な人物に出逢えば、〝してはいけないことを教えてくれる人間〟として、有り難く思えば腹も立つまい。

私にとって生涯の女性《ひと》Wako（和子）との出逢いは、合縁だと信じて止まない。祖母を通してではあるが、彼女も多少なりとも、夢二との遠い縁がある。また私のコンサートやCD制作等に際して、彼女はピアニスト兼編曲者であり、この上なく（語弊もあろうが）都合の良い妻《パートナー》である。夫婦間において、〝都合〟なる表現には、世の女性からお叱りを受けるかも知れないが、私が妻に対して有り難く感謝している証と受け取って頂ければ幸いである。

渋谷公園通りパルコ二階のCafé「アイウエオ」が、思い出の初デート・スポットとなった。

時折レコード企画の打合せに使う場所であって、私には他に知る洒落たCaféが無かったので選んだだけである。クラシック・ミュージックにほとんど知識の無い私だが、"Herbert von Karajan"（ヘルベルト・フォン・カラヤン）が世界一有名なオーストリア人指揮者であること位は知っていた。それと言うのも、最も制作依頼が多く、私の身近なレコード会社、ポリドールよりカラヤンのレコードは配給されていたからだ。クラシック出身である彼女の気をどうやって引こうかと目論んだ結果、恰《あたか》もカラヤンのファンであるかの如くレコードを行き掛けに買った。もしカラヤンが嫌いならどうしようと、一応心配もしたが。態《わざ》とらしくレコードを見せると、「私もカラヤンは大好きです」と、微笑んでくれたのでホッとしたのを思い出す。実は、このレコードは数十年経った今なお、まだ一度も針を落としていない、聞いていないのである。カラヤンさん、御免なさい。でも、貴方のシンフォニーへの招待は、私の〝バラ色の人生〟への招待状となりました。

「皆、私をマーシーと呼ぶので……」と言うと、「私も学友からはWakoと呼ばれています」と答えた。その時点から今日まで、互いの呼び名は一貫して、〝マーシー〟と〝Wako〟である。不思議なことに、テーブルに着き挨拶を交わし、顔を見合わせたその瞬間……「あ、この人と結婚する」と同時に思ったことは、結婚後の二人の会話の中で分かった。それから、せっせとローゼンケラーに通う私を知り、おやじさんは嬉しそうに「エへへ……」ずくめだった。そう言えば、その後暫くこの〝老けたキューピッド〟からは、ケーキ店めぐりの電話は来なかった。

二重唱

丸一年に及ぶ交際後、母の住む町、サクラメント・バプティスト教会において式を挙げた。がむしゃらに走り続けた私も、ようやくDuet（デュエット）を奏でる妻《パートナー》に巡り逢い、人生のハーモニーを天高く鳴り響かせたのは、一九七六年、アメリカ合衆国建国二〇〇年祭の年で、この日五月九日は、この年の〝母の日〟でもあった。まるで、カリフォルニアの太陽も祝福するかの如く燦々《さんさん》と輝いていた。幾ら摘んでも尽きない程、この女性《ひと》の未来に夢を咲かせると、心の中で誓った。Wakoの作曲／編曲者としての才能をいち早くディスカバーし、私が名付け親として付けた彼女のペンネームは、桜メイであった。サクラメントの語呂合わせから〝桜〟とし、五月に結婚したので〝メイ〟とした。今の〝京子〟に変更したのは一九九九年である。早いもので、妻の愛に支えられSilver Anniversary二五周年を迎える。今では水魚之交《すいぎょのまじわり》のような夫婦だが、のんびり屋の私にとって、積極的な性格を持つ彼女とは、絶妙なgood combination（良いコンビ）である。人生においても仕事においても、私には掛け替えのない生涯の良きパートナーである。

Perfect Angel（パーフェクト天使）

我が家に天使が誕生したのは、一九七九年一月十一日だった。私の誕生日が二月二十二日だから、数字の上では、一並びの娘Karina（佳里奈）には負けている。人間の持つ〝第六感〟（sixthsense）や、何気なく口にしてきた〝大和魂〟の〝魂〟に、多少なりとも悟りが芽生えたのは、娘の誕生によるものである。出産予定日を間近に控え、既に病院にいる妻に、「産まれる時は、母が好きだったベビーローズを持って来るからね」と、約束をしていた。男でも女でも、元気にさえ産まれればどちらでも良いと思うのは、親になる者の決まり文句ではあるが、私は、何が何でも女の子が欲しかった。それは、母のためでもあった。男ばかり四人に囲まれての生活だった母にとって、孫娘はささやかな夢であった。挙げ句の果てに、この時点では、兄二人に産まれた子供は、三人共男の子であった。「一度で良いから、女の子を抱いて見たい」と、言った母の言葉が耳から離れない。従って、産まれる前から性別判断が出来る今日日《きょうび》とは違い、神に祈るばかりの頃であったが、私は妻が身籠もった時から、佳里奈《Karina》と名前を決めて、お腹の中の子供にそう呼びかけていた。実は、医学的に解明されるものならば、知りたいことがある。それは、母体の胎児には、親の言葉に対して反応する能力があるのかどうかだ。妻のお腹に耳をあてると、微かに未だ見ぬ胎児が、可愛く動くのを感じられるようになった頃の話である。ちょっとしたおふざけで、「女の子だったら二度キックしてごらん」と私が言うと、ポン、ポンと二回反応があった。家内と二人して驚いたのだが、偶然だろうと言う結論から、もう一度同じ問い掛けをしてみた。但し、今度は三度のキックを要求した。すると、直ぐ反応があり、ポン、ポン、ポンと三回答えてくれた。

お腹の子を疲れさせてはいけないからと、気を遣いながらも、定期的に、「本当かな？」などと言いながら、悪戯じみた試みを繰り返した。時には、「六回キックして」などと馬鹿げた要求もしてみた。だが、お腹の子は、健気《けなげ》に一所懸命六回ポン、ポン……と答えてくれた。要求回数が、一度も外れた事がなかった。正に、この神秘的な体験に二人して大感激したのは、昨日のことのように鮮明に記憶している。

そして、出産日が近づく頃には、音楽に携《たずさ》わる私としては、当然の如く、必ず産声をテープ・レコーダーに録音しようと企てていた。

一月十一日の朝、ベッドに横たわる私の右横に、一度も見たことの無い、実の父剛が立っていた。夢の中の蜃気楼か、それとも、直ぐ側に掛かるカーテン越しに写る朝日の幻想なのか、あるいは現実だったのか、未だに分からない。しかし、私に記憶《おもいで》を残すことすら叶わずこの世を去った父が、「匡志、良かったね、女の子が産まれて。ママも喜ぶよ」と、語りかけてくれた。この時の声は、優しく、たった一度ではあるが、私との触れ合いを果たしてくれた。この神秘的《ミスティック》な目覚めから覚《さ》めやらぬ儘《まま》、私は無意識に、いつもの訪院時間より早くタクシーを飛ばしていた。いくら父と夢の対話を交わしたとは言え、まだまだ予定日でないにも拘らず、途中タクシーを渋谷の東急プラザで待たせ、出産時にはと、約束したベビーローズの花束を買ったのも不思議な話ではある。この日、妻は予定日より一一日程早く分娩室に運ばれることとなり、病院では俄に準備に掛かっていた。私にいくら電話を掛けてもつながらないので、「ご主人はお留守で、間に合いませんねェ」と、先生は妻に伝えたそうである。ヒョッコリと私が病院に入ると、看護婦さんがビックリした顔で、「丁度良かった、今奥さん分娩室に入ったばかりですよ！」とのエキサイト振りであった。右手に持つ花束と、これ又、無意識の内に持ち出した、左手の生テープを入れたテープ・レコーダーを握る手は、妻への感謝の気持ちで汗ばみ、震えていた。ドアの側でスイッチを入れ録音状態にすると、三秒ほどで、新しい命が大きな産声をあげた。「ママ、女の子が産まれたよ！」と、テープに口走ってしまった。担当医より「おめでとう、女の子です！」と言われた時は、既に逸早く時空を越え実父より天来の妙なる声を受けて既知であった私には、時計が逆戻りしているかの如く感じられた一日だった。私が（妻のお蔭ではあるが）母にしてあげられた、二つ目の親孝行で、この上ない至福《しふく》の年であった。私にとって、「第六感とは、先祖様《ほとけ》の導きである」

取り立てて親馬鹿振りを発揮するつもりはないが、本当に手の掛からない娘である。

今は、New York に住み、奨学金を受け大学で弁護士を目指し、法律の勉強へと道を進めた。私の実の父剛が、ロスで弁護士をしていた事等知る由も無い娘だったが、自ら法律の道を選んだのには感じ入るものがある。何故なら、私自身、この本を書くに至るまで、実父について何も知らずにいたからである。ロスアンゼルスに住む母の妹、吉村文子叔母から、五十四歳になって初めて、父についてのあれこれを聞かされたのである。母から実父について語られなかったのは、望月のパパに対しての遠慮だったのか。あるいは、元々知る事のない亡き父剛について語るよりは、今の情況に馴れ親しんでもらう方が、私にとって幸せと考えた、母心の愛からであろう。

二十歳を境に、親の援助を断り、バイトをしながら娘は頑張ってくれた。それこそ、食べる事の大変さを身を持って体験しているので、一ドルのお金も無駄にしない子である。「若い内の苦労は買ってでもしろ、でしょう Daddy？　だから、今必要な経験をしているの」と、言ってくれる。私自身の幼児期から一貫して、結婚するまでの家族構成は、ここまで書いたように、複雑なものであった。家族全員が一つとなって暮らした経験は、私の記憶にはほとんどない。実父は、私が生後三ヵ月の時亡くなっていたのだから。私がアメリカに移り住んでからも、三年程で長兄タケシは徴兵で入隊し、時を同じくして次男ヒトシも独立して家を出た。パパは農園巡りで、母は火曜日を除いては、朝から夜中までレストラン勤務に励んでいた。お蔭で年間ほぼ三〇〇日は、そのレストランで夕食をとるのが習慣で、この事が、私の食べ物に興味を持たなくなった原因だ。そんな私の人生体験からか、家族愛を異常なまでに大事にしている。これは、兄達にとっても同じ心境ではなかろうか。しかし、それを他人様《ひと》に悟られる程、愚かではないつもりである。「あの家族の中には、他人が入り込む余地はない」と思われたのでは、ただのアウトサイダーになってしまうから。私の哲学は娘にちゃんと理解されているようで、他人をよく理解することを、常日頃から心掛けてくれているようである。「目に入れても痛くない程可愛い」と、生まれたベィビーについて表現するが、私にとっては、娘は幾つになっても可愛いものだ。この娘のためならば、この先、私が幾度 reincarnation（生まれ変わる）しても、その一〇回分でも一〇〇回分でも、私の命で役立つのであれば、喜んであげてもいいと思っている。育って行く過程の中で、私達夫婦に与えてくれる思い出の数々は、娘から私達への掛け替えの無い、eternal treasure（永遠の宝物）である。

二〇〇〇年九月に、世界屈指の弁護士事務所 Cravath Swain Moore（クラヴァス・スェイン・モア）の新人 lawyer（弁護士）、Radu Lelutiu（ラァドィユー・レルュツィウー）と学生結婚をした。二人には、恵まれ過ぎて育った一部の日本の若者に、今一番欠けていると思われる、将来への計画性と、目的への日々の努力が見られる。親の私の方が教えられる思いである。一人娘しかいない私の心境を汲んでか、彼は自発的に、子供が生まれたら、信畑（私の本名）も出生登録し、子供に名乗らせると娘に言ったそうだ。有り難い思い遣りに感謝している。義理の息子ラァドィユーは、コロンビア大学在学中から、最高裁裁判官より指名され、法廷での任務にも従事しているが、全米でも稀なケースである。今またニューヨーク州法改正に先駆けて、新しい"State Law"（州法）の校正に取り組んでいる。この出来事は、我がファミリーにとってもこれ以上の名誉はなく、改めて、娘の〝人を見る目〟に感心させられる。ただ身長一八八センチ程もある義理の息子を抱きしめる度、ミカン箱を必要とするのが難儀である。私も、もう少し食べる事に興味を持っていれば、大きくなれたのに……手遅れ？

XIX

The Man With Seven Faces（七つの顔の男）

和歌山県串本にいた幼い頃、子供の間で流行した七つの顔を持つ「多羅尾伴内」は、「鞍馬天狗」に匹敵する程のヒーローであった。片岡千恵蔵さん扮するこの名探偵は、一九四六年から六〇年まで一一本シリーズ化されたヒット作である。今の私も、歴とした〝伴内さん〟だ。「一つは片目の運転手、又ある時は私立探偵……」で始まる片岡千恵蔵さんのセリフは、子供心に覚えている。私流のセリフで言うならば、「一つは優しい父親だョ、又ある時は制作ディレクターだったり……」となる。いささか拍子抜けの感は否めないが、これでも、歴とした七つの顔を持っている。〝父親であり、夫である一家の Daddy〟〝通訳コーディネーター業で海外を飛び回る男〟〝音楽制作ディレクター〟〝制作プロデューサー〟シンガー・ソングライターとしての〝竹久晋士〟〝樹水まさし〟そして、〝竹大和〟なる七つの顔を持つ男である。ちょっとオーバーだなァ。

顔＝その1「Daddy」

父親としては、うるさくない方だと本人は思っている。子供との会話は、多少お説教（子供にとっては）じみていた時もあるかも知れないが、私にとっては憩いの一時《ひととき》であった。娘は、ただ黙って、お付き合いしてくれていたのかも知れない。子供の教育に関しては、夫婦の希望を押しつけたり、誘導もしない。最小限、宿題等の必要事項の確認をする程度だった。やらなくてはならない物事には、それだけの責任がある道理を教えれば、後は娘なりに考えた行動を取ってくれた。今では、すっかり娘に教えられるDaddyではあるが。

夫としての私は、妻には物足りなさが目立つ方かも知れない。食べ物に感動しないからだ。その代わり、好き嫌いは一切ない。何を出されても、文句は言わない代わり、褒《ほ》める事もしない。反省はしているが、食べる物に興味を持つ成長期に、〝家庭の味〟の経験が持てなかったせいかも知れない。誰が悪い訳でもない。そういう時代と、家庭事情の中で育っただけである。母の影響が強いのか、それとも単に私の性格か、掃除だけは自分でしないと気が済まない。家内は普通に、いや、それ以上に綺麗好きではあるが、これだけは、私に任せてもらうことが、半ば、私からの条件である。独身時代からの習慣で、朝起きると、何をするにも先ず掃除から、が一日の始まりであった。小まめに動くのが好きで、ダラダラとするのは性に合わない。このような私が、妻にとって便利なのかどうかは聞いて見なければ分からないが、その他一般は全て彼女任せなので、かなりしんどい思いをさせているのではないだろうか。そうなると、家では自分が好きな掃除だけしかしない、ただのグウタラ亭主？　そうそう、物の修理をするのが好きな方だが、結果はいつも、壊してしまう。私が何かを見つけ、修理に取り掛かると、娘からは幼い頃から、「だめ、Daddyは触らないで！」と、よく言われた。娘によれば、私はThe Destroyer（破壊者）だそうである。まァ、しかし言われてもしようがない。ディズニー・ランドで楽しんだある日、園内で装飾の材質の丈夫さに感心しきりだった私は、その堅さを確かめようと、グイッと引っ張った。ボキッ！　と音を立てて、折れてしまった。「ウッソー！」と思ったが後の祭。娘に小言を言われてしまい、それからは、手を掛けただけで、「触っちゃだめ！」だらけのディズニー・ツアーだった。因みに、壊れた部品は、せめてもの償《つぐな》いにと、そっと元の場所に乗せて来たが、あれでは、風が吹いただけで落ちただろう。

私の心掛けの一つとして、いつでも家族の碼頭《マートー》（中国語「波止場」）であり、又、纜《ともづな》となって支えてあげられる父親でありたいと思っている。そんな私を家族は何色で表してくれるのか、興味あるところだ。

顔＝その2「Interpreter」

鈴木清順氏、鈴木甲一氏らの映画シナリオ英訳の一件は先に述べた通りである。他に、農林水産業関連の通訳として、グァム大使や、当時のフィリピン、マルコス大統領ファミリー率いる政府閣僚らとの通訳もまた、凄い体験であった。今なお続く、フィリピン反政府軍ゲリラとの一戦が激しい中、政府専用プレートの付いた車でカガヤン島へと向かっていた。その薄暗い熱帯密林を見ていると、取り残された日本兵が未だに潜んでいても不思議はないと思う程である。そんなジャングルを走行途中、マシンガンを手にしたゲリラと幾度か遭遇する。その都度生きた心地がしない我々日本からの使者に対して、「心配しなくて良い。今日は政府軍の方が多く犠牲者を出しているとの報告だから、彼らは撃って来ない」と、同行中のアルムエテ将軍はあっさり言う。又、ジャングルでの蚊はマラリア性だし、ヤモリは毒性を持つ。それが夜中じゅう、ベッドの下を這う音がするのだから堪らない。カサカサッ！　音がする度、その都度身の毛がよだち脂汗が滲《にじ》み出た。二度と経験したくない体験だった。グァム開発の会談がその後に控えていたので、常夏のグァム空港に降りた頃には、同行スタッフ一同四、五キロは痩せていたと思う。

海外企業との契約書作成を、依頼される仕事も少なくない。海外ミュージシャンの選択や制作業務に関する交渉内容は、全て私任せのプロダクションも中にはある。私が長年お付き合いさせて戴いている音楽関係会社K's Co.の加藤悦康氏との凸凹《でこぼこ》旅行は、年一回の楽しみである。海外音楽出版物の買いつけに行く訳だが、場所はラスベガスである。世界最大のメディア放送機材並びに、制作ソフト発表を兼ねた、NABコンベンションである。もう何年続いているのだろう。ホンコンやカンヌでのコンベンションへも出掛けた。カンヌでは、学生時代に勉強したフランス語を少しは役立たせる絶好のチャンスと思ったが、まるで駄目だった。「ヒアリングだけは何とかなるかな?」の自分への期待も、やはり本場のペラペラには、思うようにはついていけなかった。レストランでは、魚料理の注文に迷っている私達を見かねたウェイターから、"C'est Suzuki"(これはスズキだ)と教えられ、オーダーを決めた。あちらの方が日本語慣れをしていたのには、苦笑いをするしかなかった。彼とは、飲む(酒を)人と飲まない私との違い以外は、類似人間同士で、地味な〝小父さん〟ツアー・コンビである。母の元気な頃は、仕事が終わると、そのお蔭で、二日程サクラメントへ寄る事が出来た。加藤氏には申し訳ないが、それが仕事を引き受ける最大の目的でもあった。

菅原洋一さんを初めとする多くのアーティストとは、制作業以外に、英語のお手伝いも数多く、責任は重いものの、(ほとんどボランティアなのが、たまに傷)楽しい時間帯である。中でも、高中正義さんのアルバム「虹伝説」に纏わる話だが、〝プロモーション・ビデオをセーシェル王国で〟との撮影希望がもち上がり、私が国王に直接お手紙を書くこととなった。環境保護のため、観光目的の入国は認めない法律があった国だそうで、撮影特別許可の交渉を頼まれたのだ。一国の方針を覆《くつがえ》すのであるから、内容は慎重をきした。幸運にも二、三通の手紙でのやり取りの末、許可が下りた。その直後、セーシェル国で、ツーリスト受け入れ容認のための法律が改正されたらしいと聞かされた。私の手紙が、the opening（開国）のきっかけに貢献《こうけん》出来たのであれば、嬉しい限りである。ところで、セーシェル国って、どこにあるのだろう？

顔＝その3「**Director**」

昭和五〇（一九七五）年六月二十四日、夢二出版物著作権管理を初めとする音楽出版社、株式会社パピー・ミュージック・コーポレーションの設立と共に開始した夢二シリーズ制作で、数々の作品を手掛けた。ちなみに、会社名の由来は、私が戌《いぬ》年生まれなので〝パピー〟（子犬）にした。社名のせいか、いつまで経っても成犬に成長しない会社ではあるが、私らしくていいかも。このことをきっかけに、ディレクターとしての歩みが始まった、記念すべき年である。

海外での実績は先に紹介済ではあるが、とりわけ、Jazz界きっての巨匠Norman Grantz（ノーマン・グランツ）プロデューサーの依頼で、米国ＲＣＡレコード・Ａスタジオにおいて、昭和五一（一九七六）年六月に制作協力したアルバム"Milt Jackson"は、心に残る逸品である。ビバリー・ヒルズにあるPablo Records（パブロ・レコード）社の友人、Eric Miller（エリック・ミラー）

に誘われ、会社へ遊びに行った時の話である。グランツ氏のオフィス・デスクの中には、無造作に剥出《むきだ》しでファイルされたElla Fitzgerald（エラ・フィッツジェラルド）の原画ポートレートがあった。良く見ると、Pablo Picasso（パブロ・ピカソ）のサインがあるではないか！　夢二に携わるせいか、画家の気持ちを代弁して、「駄目ですよ、こんな保管の仕方では！」と、思わず巨匠に説教をしてしまった。物の価値観も、人によっては、こうも違う物かと驚いた。

　街の象徴でもあるパーム・ツリーが、まるでウエルカムと手を振るような、ロスアンゼルス市バーバンクは、ウォルト・ディズニー・スタジオ、ユニバーサル・スタジオ、ワーナー・ブラザース等、多くの映画スタジオが犇《ひしめ》く地区である。余談ではあるが、田中角栄氏を政界から葬る結果を引き起こした、あのロッキード社もここにある。丁度その中心部に位置するケンダン・スタジオへレコーディングに行く度、色々なアーティストが訪ねてくれる。今は世界的ギターリストで名高いLee Ritenour（リー・リットナー）や、ジャズ・ドラムスのHal Blain（ハル・ブレイン）がそうである。又、レコーディング中のSergio Mendes（セルジオ・メンデス）とも逢った。セルジオは〝ブラジル'66〟として世界的に人気があり、丁度家内が高校生時代に、日本でも大変な人気だった。普段はクラシック音楽ばかり勉強していた、当時音楽大学付属高校生の彼女も、友人と連れ立ち、初めてクラシック以外のコンサートとして、〝ブラジル'66〟を聞きに行ったそうだ。触発された彼女と友人たちは、アルバイトのお金を出し合い、ドラム・セットを手に入れバンドを組んで楽しんだ時期もあったそうだ。彼女は、その頃から編曲を始めていたらしい。セルジオは、家内の学生時代の話を聞いて喜び、彼女の肩を抱いてのスナップ写真に納まったが、私のカメラ・ワークの素晴らしさで？　ピン暈《ぼ》けになってしまった。ピント外れのセルジオは、ただの〝オッサン〟にしか見えない。その後、完成したアルバムを日本に贈ってくれたセルジオだが、何と、50枚入りの段ボールの箱が2個も届いた。スケールが違う！　しかし、配るのに苦労した。

George Benson（ジョージ・ベンソン）、Billy Joel（ビリー・ジョエル）、Quincy Jones（クインシ

セルジオ・メンデスと著者の妻和子　ケンダン・スタジオ

ジャズ・ドラマー ハル・ブレインと著者

ー・ジョーンズ）等のスーパー・スター達とも一時《ひととき》の語らいが持てたのは、とても良い刺激になっている。とりわけ、クインシー・ジョーンズ氏は穏やかなジェントルマンの印象が強く、その時一緒だった水越けい子さんら他の皆さんを紹介して、一緒に写真を撮ったのだが、残念なことに、私はまだそのスナップ写真を撮ってくれた木下さんから戴いていない。欲しいなァ。意外と小柄なクインシーさんは、私程しかなく、側にいた彼の愛犬（ボクサー）は、立てば一八〇センチはあろうかと思うバカデカであった。

アニメーションの"Buggs Bunny"（バッグス・バニー）、"Superman"（スーパーマン）、"Spiderman"（スパイダーマン）、"Batman"（バットマン）等の作曲家で知られるRob Walsh（ロブ・ウァルシュ）とは、家族付き合いをしている。ロスの自宅で食事に招待してくれるのは良いが、ディナーにサンドイッチだから褒める言葉に迷う。それでもロブ曰《いわ》く、「私のワイフは、世界一美味しいサンドウィッチを作る」と、自慢する。私も見習わなければならないところなのだが、サンドの中身もパンも、全てスーパーで買ったのだから、誰が作っても同じなのではないだろうか？　ま、一言多い、としておこう。真心込めれば、スーパー（駄洒落）な味になるという模範か……

Harry Bluestone（ハリー・ブルーストーン）は、テレビ・シリーズの"Rin Tin Tin"（名犬リンチンチン）、"The Untouchable"（アンタッチャブル）、"Lone Ranger"（ローン・レンジャー）や"I Love Lucy"（アイ・ラブ・ルーシー）等のBGM音楽を担当した高齢の作曲家だ。「指揮者ストコフスキーそっくり大会に出たら！」と言ったら、本人も大喜びしていたが、実際にそっくりなのである。彼とは冗談を交わしたり、頼まれごともされる仲だ。作曲家歴六〇年のハリー邸はサンセット通りに近く、「不思議の国のアリス」が住んでいそうな家で、イギリス移民系の彼にはピッタリである。「カム・イン」と案内されたリビングは、まるで図書館を思わせる程、本、書類、楽譜やレコード、それに数々の、ゴールド・ディスクを受賞した楯やトロフィーで埋め尽くされていた。片隅には、Shirley Temple（シャーリー・テンプル）とのツー・ショット写真も飾られていた。「バイオリンとチェロによる教材」の手伝いをしたが、良い思い出の作品である。

友達の Geoff Sykes はレコーディング・エンジニアで、水越けい子さんのレコーディング以来の付き合いである。私が日本の業界に紹介したことで、南こうせつ、伊勢正三、山本コータロー等のレコーディング依頼が入り、日本に招かれて担当した。彼は小さかった私の娘をとても良く可愛がってくれて、娘の cotton candy（綿飴）をつまみ食いするのが楽しかったらしい。また彼は、UCLA大学において、サマー・スクール授業の一環であるエンジニアリング・コース教授として、後進の育成に一役かっている。義理堅く、友達としては大切な人だ。

友人 Bill Henderson（ビル・ヘンダーソン）は、〝ビル・ヘンダーソンとハリウッド・ストリングス〟のトップ・バイオリニストで、フランク・シナトラ、ペリー・コモ、スティービー・ワンダー、ニール・ダイアモンド、サミー・デービス Jr.、トム・ジョーンズ等、あらゆるスターのステージで演奏や編曲をこなしている。ご無沙汰をすると、国際電話が彼から入る程親しい。

奥様もバイオリニストである。Geoff同様、彼も又、UCLA大学で音楽教授を務めるユニークな人物である。時折、本人によるCD新曲発表があると、真先に送ってくれる。彼の自宅の向かいにはスチール・カメラマンが住んでいて、私がビルの家に泊まる度、夫人と遊びに来る。彼の写真コレクションは、ちょっとした〝お宝拝見〟である。映画撮影中のスナップ写真には、ジェームス・ディーン、ポール・ニューマン、ロック・ハドソン、エリザベス・テーラー、チャールトン・ヘストンやクラーク・ゲーブル等々、永遠の大スター達のプライベート・タイムを撮った貴重なものばかりだ。それだけで、大変な価値があると言えよう。拝見した時、是非写真集として纏めるよう勧めたが、ただ微笑むご夫妻だった。それから一〇数年後、お二人の息子さんが写真集を出版され、話題になっているニュースを日本のテレビで見た。ハリウッドには実に楽しい友が多い。年齢差に関わりなく、友は友として常に受け入れてくれる。

Glen Campbell（グレン・キャンベル）をご存じの方は多いと思う。言うまでも無く、カントリー・ウエスタン部門の第一人者である。"By The Time I Get To Phoenix"（恋はフェニックス）で一九六七年度のグラミー賞の最優秀歌唱賞、最優秀男性ヴォーカル賞の二部門を受賞し、彼の名声を決定付けた。一九七四年の日本公演の際、宮前ユキちゃんのゲスト出演が決まり、お手伝いをすることになった。コンサート公演終了後、グレンと私は意気投合し、その翌日連絡を取って逢う約束をした。当時の赤坂ヒルトン・ホテル（現東急キャピタル）で待ち合わせ、コーヒー・テーブルを囲んでの音楽談話で盛り上がった。グレンが、日本のJazzを聞きたいと言い出した。そこで、私の知人、藤家虹二さんが出演するクラブ「不死鳥」へと誘った。偶然ではあるが、不死鳥とは、英語でフェニックスである。グレンを世界に知らしめた曲のタイトルと、共通していた。Jazzクラブへ行くと聞きつけ、グレンのバック・ミュージシャンとプロデューサーのStan（スタン）も参加することとなり、一〇人の軍団になってしまった。

だだっ広く、薄暗いクラブ・フロアーの奥では、藤家さんの演奏が始まっていた。サングラスを掛けたこのスターには、誰も気が付かない。突然の、見るからに派手で、大柄な見慣れぬ白人グループの入店に、クラブ側も戸惑いを見せた。恐らく、営業方針としては、馴染み客と会員が主なシェアを占めているのであろう。おとなしく一五分程聞いていたグレンが、私に耳打ちをして来た。「ギターを借りてプレーさせてくれないだろうか？」。一瞬耳を疑ったが、本気モードだった。ワン・ステージ何一〇〇万円ものギャラを取るスーパー・スターが、飛び入りとは……。私はステージに駆け寄り、藤家さんに伝えると、〝ＯＫ〟と言った。藤家さんにとっても、又と無い素晴らしいセッションを経験出来るのだから、当然の返事だった。話は決まった訳だが、待ったを掛けたのは私だった。外から戻るまでグレンには待機して貰うように頼んで、一旦《いったん》店を後にした。私の出掛けた理由は、カセット・プレーヤーを、急いで探して来る事だった。これから始まろうとしている凄いハプニングを、記録に残しておきたいと思った。直ぐ近くにあった、知り合いのライブ・ハウス「ルイード」に駆け込み、プレーヤーを拝借し、駆け足で店に戻った。ひょっとして、権利関係の厳しいアメリカ人なので、録音拒否をされるかとヒヤヒヤしたが、"Are you ready?"（準備出来た?）と、プロデューサーのスタンが笑みを浮かべた。「君でなければ、絶対〝No〟だが」と、言った。安心して、スイッチを押した。いきなりギター演奏を始めたサングラスの金髪男に、客席からの反応はまちまちだった。五分も経つと、そのギターの素晴らしさに、皆ホステスさんそっちのけになっていくのが窺える。「想い出のサンフランシスコ」に続き、「行かないで」（シャンソン）を唄い出したのには、グレンのスタッフも驚いたが、店内もどよめきに変わっていた。「オイ、グレン・キャンベルだよ……」と、もう大変な騒ぎになった。私の隣でStan（スタン）が、「あんな歌をステージで唄うなんて、私は初めて聞いた」と言う。実は、「行かないで」はグレンのアルバムに収録されているが、本人は大嫌いな曲だそうである。そ

グレン・キャンベル氏と著者（渋谷公会堂）

もそも、シャンソン嫌いなのだが、コンサートに先駆けて東芝ＥＭＩ社より、日本人好みの曲なので今回是非歌って欲しいと依頼されたが、断った程だった。「歌詞を覚えているかどうかも分からない曲を歌うとは、余程君の事が気に入っているのだろう」と、スタンは感心しきりだ。実は、ステージに上がる前、そんな事とはつゆ知らず、私はグレンに「行かないで」をリクエストしていた。結局、一時間以上の大コンサートとなり、クラブ中、一曲毎の大声援へと雰囲気も一変していた。一方、グレンも乗りに乗っていた。乗りすぎて、スティービー・ワンダー風に首を振った瞬間、サングラスの右のレンズがポトリと落ち、一同大爆笑となった。レンズの一個取れたサングラス程、〝恰好良さ〟から〝滑稽《ずっこけ》〟に変わる光景はない。ステージを終えると、スタンディング・オーベーションの拍手を受けた。店の責任者に感謝され、「全てオン・ザ・ハウスです」と言って、支配人より御馳走が出た。私達にとっても楽しい憩いの一時であったが、この日の店と客には、忘れられない美味しい一日になったに違いない。黄昏の新宿街に、カントリー・ウエスタン調のシャンソンが開花するとは、思いもしなかった。勿論、この時録音されたカセット・テープは、今でも世界に一つ、いや、グレンを含めメンバー全員にコピーを頼まれたので、一〇本しか無い私の超秘蔵品として、大切に保管している。

　グレンとはカリフォルニア州とネバダ州の境に位置するリゾート地、Lake Tahoe（レーク・タホー）で再会を果たしたが、面白かったのは、二年前に渋谷公会堂で聞いたコンサート内容と全く同じショー展開を披露していた事だ。同じプログラム、同じ衣装で、ジョークまでも同じだった。敢えてその話に触れると、コーヒー・ブレイクに付き合ってくれたミュージシャンとスタッフは、"That's show biz"（それがショービジネスさ）と言って笑った。

虚無《ニヒル》な悪役で知られる、内田良平さんとの思い出に触れて見たい。悪役を演じる役者さんには、好《い》い人が多いと聞くが、その通りだと思う。笑うと、とてもヤンチャな眼《め》が印象的な人だった。内田さんは、私がレコーディング・ディレクターとして手掛けた夢二作品を高く評価していて、そんな切っ掛けで出合った。私にとっても、職業上、俳優内田良平としてよりは、ヒット曲「ハチのムサシは死んだのさ」の作詩者として、興味ある人物だった。この詩は内田さんが出版された詩集、「おれは石川五右衛門が好きなんだ」に収録されている。いずれの詩も、まるで〝独り言〟のようで、内田さんらしく、実に楽しい。

私達は、新宿東口の小田急デパート斜め前にあった喫茶店「パイン」でよく語り合ったものだ。文筆業にも優れた才能を発揮されていた彼は、さる新聞社にコラムニストとして執筆していた。その原稿を書くのも、社に手渡すのも、この喫茶店は内田さん専用応接室代わりだった。原稿を仕上げ一段落すると、何故か、私に逢いたくなると言っていた。ある日、見るからに新入社員風の女性が原稿を受け取りに来た。多分、社の先輩達に「コワイ人だぞ」と、耳打ちでもされて来たのだろう。恐る恐るテーブルの前に立ち、声も震えがちに、「内田様でしょうか?」と尋ねた。ゆっくりとコーヒー・カップを置き、ギョロッと睨《にら》みを効かせ、彼女を見る。血の気が引いたような哀れなその顔を、私は笑いを堪えながら見つめていた。茶目っ気たっぷ

内田良平さんと著者

りな内田さんは、明らかに、私のためにパフォーマンスを披露している。そして、ソーサーを裏返したかのように、ニコリと微笑み、「ご苦労さん」と、内田節で挨拶を返した。安堵《あんど》して、胸を撫で下ろした彼女の肩が、グラリと揺らぐのを感じた。「何故、皆俺を怖がるんだィ?」と、眉間に皺《しわ》を寄せて呟いたので、「それ、それ、その眉間の皺ですよ」と言ったら、「ちげェねェ」と笑った。独特な内田節を除いては、とても丁重な言葉で話す人だった。

　新宿の一件から、数えて二日目の夜一〇時頃、電話のベルが鳴った。「ハイ、もし、もし」、「もし、もし、あ、内田ですが……」。この時点で、私はてっきり、菅原洋一さんのバック・ミュージシャンを務める内田君だと思い込んでしまった。それというのも、この内田君とは前日ポリドールレコード社で久方ぶりに出会い、「今度ゆっくり逢いましょう」と、名刺交換をしたからだ。「イヤァ、相変わらず元気そうで」、相手も「ん、元気ですョ」と応える。「マア珍しい、こんな時間に」と続けた。「えー、逢いたいと思って。今夜大丈夫？」。「イイですよ、ところで、今どこ？」。「下にいるんだけど……」「ナァンダ、早く上がって来て下さいよ」。「うん、じぁ」。〝ピンポン〟とチャイムが鳴り、「イラッシャイ」と言いながら、ドアを片手で押し開けると、そこに佇んでいたのは内田良平さんだった。それはもう、ビックリしたなんてもんじゃない。慌てて、内田違いの思い込みを説明し、馴れ馴れしく対応したお詫びを申し上げた。すると、「そんな、他人行儀な……」「それにしても、二、三日前に逢ったばかりなのに、あやしい会話だなとは思ったが、脇役だから、つい合わせちゃうんだナァ」と応えた。これには、大笑いをした。

改めて妻を紹介すると、柄にも無く照れていた。折しも、チャールス・ブロンソン主演の、「夜の訪問者」が上映されていたが、まさしく、突然の〝夜の訪問者〟ゆえ、これと言うもてなしも出来なかった。内田さんの好きなコーヒーを出したか、紅茶だったか定かではないが、狭いテーブルを囲んでの和やかな会話に花を咲かせた。その中で、彼は各レコード会社から作詞の依頼を受けていることに触れた。ヒット曲を生み出したのだから、当然と、私は思った。むしろ、その次作品がまだ制作されていなかったことに驚いていた。「俺は作詞家じゃねェから、書かねェよ」と、断っていると言う。どおりで出ない訳だ。実は訳あって、私はまだ一度も内田さんに作詞の依頼、あるいは、それらしき願望すら口に出してはいなかった。音楽ディレクターならば、それを第一の目的としていいはずなのに。竹久のおやじさんとの時もそうだったが、私から何か要求したことはなかった。その人と過ごす一時の安らぎで満足してしまうのが、いつもの私である。だから、職業上のお付き合いは、とても苦手だ。いつも遠回りになってしまう原因が、この性格にあるのは分かっている。しかし、そんな自分を大事にしたい。

作詞の依頼を内田さんにしなかった訳は、主に、私はただのインデペンデント・ディレクターに過ぎないからだった。私よりは、大手会社の制作マンによって取り上げられる方が、内田さんにとって有利だろうと気配りしたからである。下手に私が相談すれば、きっと義理立てして、協力してくれそうなので遠慮していた。そんな私の気持ちを分かるはずも無い彼だが、シビレを切らしたのだろうか、「原稿用紙か何かあれば……」と、言うので手渡した。すらすらと何やら書き出し、差し出されたのは、一篇の歌詞であった。「歌のために初めて作詞したが、これを、信畑さんに預けたいんだが……」、ぼそぼそと言った。一瞬、胸が詰まる程、感激した。読ませて頂いた詞は、内田良平の世界その物を物語《うた》っていた。「ただ、一つ条件があるんだなァ」、「ナンでしょうか？」、「信畑さんに、作曲して貰いたいんだよねェ」と言う。この頃の私は、制作マンとしての仕事に追われる毎日であり、まして、作曲への願望は無きにしも非ずだが、人に話した覚えはない。今振り返れば、それはとても不可思議な出来事だった。まるで、今日《こんにち》の、竹大和の姿を見越していたかのようだ。ふと思いつき、「内田さん、写真を撮らせて頂けますか？」と聞くと、「二枚目と撮るんじゃ、引き立て役だなァ」と、冗談を返してくれた。基本的に、私はカメラのフィルムはその都度使い切る方である。だが、半信半疑でカメラを出して見ると、タイミング良く、妻が妊娠して間もない時期だったので、記念写真を撮ったフィルムが三枚分程残っていた。レンズを向けると、流石《さすが》に、俳優内田良平の顔になる。〝金の取れる顔〟と表現するのが、一番分かりやすいだろう。

海外レコーディングに追われ、内田さんとコーヒーに舌鼓を打つ機会も次第と遠ざかってしまっていた。ロスアンゼルス、サンディエゴ、サンフランシスコ、シカゴ、サンアントニオ、ボストン、メンフィス・テネシーそして、ニューヨークへと、目まぐるしいスケジュールをこなし、日本に戻った。親しくしているプロデューサー福住さんの事務所に手土産を持って立ち寄った。ここでは、シンセサイザー奏者の喜多郎さんと何度か顔を合わせることもあった。「確か、内田良平さんと親しくしていたよね?」と、福住さんが問うた。「エ、エ」と、返した。返事と同時に、スーッと、吐息のような空気の動きを、頬に感じた。「新聞で読んだけど、亡くなったそうだよ」。……一瞬、言葉を無くしてしまった。奥様とは二度程、例の喫茶店「パイン」で面識があった。お悔やみの電話を入れたが、何を言ったか覚えていない。残念な気持ちを、旨《うま》く伝えられなかったことだけは確かだろう。〝虎は死して皮を残す〟が俳優内田良平も又、永遠に年をとらない映画という世界《スクリーン》に、人懐っこい優しい眼を無理やりひんむき、「俺は悪《ワル》だぜェ」と、悪役人生を誇らしげに引っ提げて去って行った。この詞のように……

みちゆき

誰が泣こうと苦しみに
何の変わりがあろうかい
お前の夢も今日明日の
水の流れと同じこと

ふりむくもののない俺は
風の行方と同じ道
とおいふるさと雨の夜は
お前を抱いて寝るばかり

闇に漁った狼の
まぶたのすみに陽もそそぐ
明日のない夜のはなむけに
今日の涙を捨てている

作詞：内田良平　タイトル／作曲：竹 大和

私のディレクターとしての想い出を色で表現するならば、温かい"friendly color"（友人色）かな。それは、相手によって何色にでも合わせられる、アイボリー・ホワイトであろう。

顔＝その４「Producer」

昭和五七（一九八二）年五月十五日に発売した、世界初の〝ワン、ニャン〟レコードは犬と猫が主役だった。動物に歌を唄わせようという途轍もない企画故に、一苦労も二苦労もあった。動物の可愛さに救われ、何とか乗り切ったレコーディングではあったが、その大変さはご想像にお任せする。まず、犬と猫の声を録音しなければ先に進まない。「さぁ、声を出して下さい」と言って、吠えたり鳴いたりしてくれるものではない。「鳴くまで待とう、ワン、ニャンちゃん」である。当時の最先端機器であったエミュレーターなる電子キーボードに様々な犬猫の声をインプットして、それを音階に置き換えて音作りをする訳であるが、その作業に入るまでが苦労話であった。作曲を依頼したエミュレーター奏者でもあるGregg（グレッグ）さん、ワーナー・パイオニア・レコードの瀬戸さん、そして、テレビやイベントでお馴染みの湘南動物プロダクションの坂本篤熙《あつひろ》ご夫婦等、多くの方々の協力を得て企画制作を我パピー・ミュージック社で試みた。テレビ、雑誌のメディアで話題になったわりには、かなりの損害を出してしまった。私の趣味で終わってしまった作品である。ワ〰ンダフルと行きたかったニャ〰ン。

夢二シリーズのプロデュースに関して言えば、各レコード会社の方達の厚いご支援に感謝するばかりである。私の企画を評価して戴いた結果であるかも知れないが、本当に皆さん一人一人が夢二を愛して下さったお蔭である。毎日新聞社の近藤仁志氏と企画した「夢二コンサート」を、竹久のおやじさん、小椋佳さん、米倉斉加年さんや、美空ひばりさんのディレクターとして知られるコロンビア・レコードの森啓《あきら》さん等を交えての打合せをした。場所は奇しくも、おやじさんと最初に出逢った京王プラザ・ホテルで行った。これに加えて、オーケストラ担当の服部克久さん、そして、舞台脚本家／作詞家の岩谷時子さん達とも企画の打合せをした。何と、今度は歌手デビューを果たした高輪プリンス・ホテルだった。いずれも毎日新聞側で選んだ打合せ場所だが、私に縁《ゆかり》のある所ばかりなのには驚いた。しかし、これだけのメンバーが揃うと、ブレーキが壊れた暴走列車の如く、膨らむ企画内容は止まる所を知らない。「大丈夫かなァ……」、私には予感めいたものがあった。小椋さんも同じ気持ちだったのか、「これ以上膨らむと、信畑さんが困りますよね」と、発言してくれた。近藤さんの熱い努力にも拘らず、〝夢のコンサート〟は〝幻のコンサート〟へと急減速し始めた。言うまでもなく、「川の流れのように」企画は流れた。森さん皆さん、あの時は本当に、お疲れ様でした。

顔＝その5「竹久晋士」

プリンス・ホテルを初め、数々のテレビ・コマーシャル・ソングを本名・信畑匡志で唄う実績は積んだものの、表の仕事はしていなかった。興行シェアを広げ、人前に出て活動する事を〝表〟と業界用語で言う。その表の活動としてレコード・デビューとなったのが、一九七五年八月二十一日にポリドール・レコード社より発売した、シングル「丘の家」である。竹久晋士の筆名で、既に述べた通り、名付け親は竹久不二彦氏だった。まだしばらくは制作業に打ち込む気構えでいた私だが、当初、小椋佳さんに唄って戴きたかった企画が実現せず、私の代役レコーディングとあいなった。そのアルバムよりシングルカットされたレコードである。遠藤正志ディレクターのお蔭で、私にとって、初のシンガー／ディレクター誕生となった。ジャケットを飾るペン画は、竹久不二彦氏によるもので、音を聞かずして描いたにも拘らず、実に「丘の家」、のアトモスフィアが伝わって来る素晴らしい絵である。同年十一月二十一日発売となったアルバム「あけくれ」は、企画の面白さを評価戴き、ポリドール・レコード社営業担当の方々の努力も加え、最初の二週間は社内売上第一位の滑り出しを見せた。しかし、この作品の地味な内容と比較して、井上陽水、野口五郎、沢田研二等、各ジャンルにおける売れ線アーテイストの宣伝パワーに圧倒され、影に隠れてしまった。又、ディレクター業に追われ、ステージに立つ機会は生まれはしなかった。そう言えば、共同ディレクターとして参加してくれたエンちゃんは音大卒で、素晴らしい声をしていた。エンちゃんに唄ってもらえば良かった。いやホント。

一九七七年には、作曲家として夢二の詩に四曲と、作詞／作曲した作品を一曲リリースした。倍賞千恵子さんのアルバム「かえらぬ人」では、〝越後獅子〟〝傷める紅薔薇〟〝たそがれ〟を作曲。そして、竹久晋士シングル盤「絵草紙店」の作曲と、B面の作詞／作曲「しらない僕がしらない処で」の発表がある。月刊レコード情報誌「レコード・モンスリー」より、目玉作品の推薦歌手三名として石川さゆりさん、石原裕次郎さんと共に竹久晋士「絵草紙店」が取り上げられたのは、率直に光栄だった。

一九八四年は竹久夢二生誕一〇〇年に当たる年で、竹久夢二童謡集「歌時計《うたいどけい》」より選択した詩に、私が作曲をしてアルバムとビデオ・テープ「歌時計」を発売した。想い出に残る作品で、おやじさんに捧げられたのが何よりも嬉しかった。ディレクターの福住哲弥氏に、改めて心より感謝を述べさせて戴きたい。

一九八六年に友人である国本忠明（国《クニ》と呼んでいる）から相談を受け、ある企画を手伝った。国は同じ業界仲間で、多くのヒット作品を世に出したプロデューサーである。「青葉城恋唄」のさとう宗幸、三善英史さんらを育てた実力者だ。弘法大師作「いろは歌」に曲をつけ、レコード化させたいとの相談だった。これはまた、難しいテーマに挑んだものだと、さすがの私も驚いた。幾度となく話をして行くうちに、この企画の最大目的には、私の制作姿勢《ポリシー》と一致する所に気付く。「いろはにほへと……」、この日本語の原点である文字を、〝日本人はもう一度考え、見直すべき時代に来ているのではないかが、結論である。私が夢二に取り組む理由の一つも、「あの、大正時代だからこそ生まれた言葉の美しさ、優しさ、人を労《いたわ》る心の詩《うた》がある。そんな夢二の詩を、現代音楽を通して伝えたい」と願う私のメッセージ運動が込められている。そこに共通点を見た。同じエネルギー・バイブレーションを彼から感じたので、引き受けることにした。曲は、睡眠中に出来たとの話。譜面に起こして欲しいと、国が、妻、桜京子にカセット・テープを持ってきた。こうして、作曲家・八葉薫が誕生した。作詞家のたかたかしさんと親しい彼は、二番三番の補詞をお願いして、出来上がったのが「色は匂へど」であった。国からたっての頼みで私が唄うこととなり、竹久晋士の筆名では最後のレコーディングとなった。

仏教の教えに五蘊《ごうん》があり、「蘊」とは梵語《サンスクリット》 Skandha で集合体の意である。つまり、現象界の存在の五種の原理を言う。色、受、想、行、識の総称で、物質と精神との諸要素を収めるものである。その中で、「色」は物質及び肉体を意味し、一切の存在は五蘊から成り立っており、それ故、無常・無我であると説かれている。これという宗教を持たない私ではあるが、有り難い教えは、素直に何でも受け入れる信仰心は持ち合わせている。それ故に、一つの宗教にこだわらないのが私の哲学でもある。何事も幅広く、程々に、我が道を行く。

有り難く唄わせて戴いた。その時はそこはかと無くだが、親しい友人、坂本通夫君の計らいでレコーディングする場所となったのが、三浦半島の観音崎にあるスタジオであった。今改めて思うと、何か考えさせられるものがある場所だった。大師様の教えである色、つまり、この地球上のあらゆる形有る色彩がエネルギーとなって、この肉体で輝き始めた気がしている。例え唄う歌がジャズであれ、シャンソンであれ、ニュー・ミュージック、あるいはスタンダード・ナンバーであろうと、私の歌魂は日本古来の「言霊《ことだま》」に基く。

顔その６「樹水《きすい》まさし」

国（国本氏）は、元々シンガー・ソング・ライターとしての私の才能を引きだそうと努めてくれた、大事なアドバイザーの一人である。そんな彼が紹介してくれたのは、ＮＨＫの名プロデューサーであった三ッ橋実氏と、名物ディレクターの菅谷博さんだった。三ッ橋さんは、今なお不滅の大記録とされるＮＨＫ、「紅白歌合戦」における、最高視聴率をマークした実績をお持ちのプロデューサーである。長年あったＮＨＫと美空ひばりさんとの間の確執を和解させ、再びひばりさんを紅白に復活させた実力者だ。こんな凄い方にお付き合いを戴き、ひと夏の想い出をもとに作詞／作曲をした「あの日のように」が、一九八六年「ＮＨＫ新ラジオ歌謡」にて採用決定された。放送後、地方の中学、高校等の音楽授業で唄われているとの報告があり、作家冥利《みょうり》に尽きる話として感激している。クラリネットの藤家虹二さん演奏と、ザ・キャップスの可愛らしい実力派女性デュオによる歌唱で、三ヵ月間ラジオ放送された。ザ・キャップスのお一人は、三ッ橋さんの愛娘、響子さんだった。大事なお嬢さんのデビュー曲として私の作品を選んで頂き、この上ない喜びであった。その反面、計り知れない責任感も抱《いだ》いた。これがきっかけで、樹水まさしと名を改めることになった。「夢二だけへのこだわりから脱皮すべきである」との周りのアドバイスもあり、思い切った行動なくしては脱皮は不可能と思い、名前を変更する結論に至った。ライフ・ワークの夢二制作はそれとして、終わりは無いのだから、違う自分もあって良いのではないかと思った。

新しい名前について議論に入った時、国には好きな名で〝水木〟があり、どうも私の名前にしたかったらしい。しかし、もはや著名人である作詞家の水木かおるさんがいらっしゃるし、気も引ける。それではと、自分で〝水木〟の文字を入れ換えて〝木水〟とし、〝樹木の如く大きく〟の意味で〝樹《き》〟と〝水《すい》〟の字を選んだ。ファースト・ネームの〝匡志《まさし》〟では少々固すぎると思い、平仮名で〝まさし〟とした。「ソング・ライターに止《とど》まらず、自分でも唄ってごらん」と、言って下さったのは三ッ橋さんだった。定年退職を間近に控えたプロデューサーからの贈り物と思い、期待に答えようと、私に最も相応しい曲を書こうと決意した。こうして生まれた曲が、「カリフォルニア・ウーマン」と「トワイライト・City」であった。「カリ

「カリフォルニア・ウーマン」「トワイライト City」
レコーディング中の著者　NHK501 スタジオ

フォルニア・ウーマン」は、この頃既にアルツハイマー病により私の顔すら分からず、寝たきりであった母に捧げた詞曲《うた》である。いつも笑顔で迎えてくれた母、恋人のように愛しい母。父剛と母が巡り逢ったカリフォルニア・サンセットの空も、歌詞に入れた。様々な思いを込め、"Love Song"に置き換えた曲である。「トワイライト・City」は、東京の街に、哀愁を込めて書き下ろした詞曲《うた》である。この二曲を聞いて戴いたところ、三ッ橋さんの一声で、「ＮＨＫ新ラジオ歌謡」に二曲共選ばれる運びとなった。レコードも、ＮＥＣアベニューから一九八八年七月二十一日発売となり、初めてレコード歌手としてのステージを踏む事になった。遥か前に、「自己評価出来るまでは表に出ない」と決めていた私も、積み歩《あゆ》んで来たメーキング・オブ・ミュージックなるtotal exprience（総合的な経験）によって、自信に目覚めていた。〝目覚め〟とは、他人《ひと》によって目覚めさせて頂くものであり、自己評価だけによる〝目覚め〟ならば自己満足で終わるに違いない。三ツ橋さんによって頂いた自信が、今の私を築き、光となって励まし続けてくれている。

光と言えば、ちょっと違う意味で光を照らし続けている人がいる。ＮＨＫの名物ディレクター、萱谷博さんがその人である。ユル・ブリンナーか萱谷さんかと言う程である。それ以上言わずとも、お分かり戴けるだろう。本番前の会場では、観る側も、出演者側にも、緊張感がはしる。そうした会場の雰囲気を、この人独特の世界でほぐしてくれる。その話術の上手さには、後から出演するタレントも影を潜めてしまう。「新ラジオ歌謡」はＮＨＫの５０５スタジオより、毎週水曜日午後八時五分から九時三〇分までの公開生放送で、司会を務めるアナウンサーの飯窪長彦さんと、アシスタントの千葉紘子さんの進行によって構成される番組である。一区切り三ヵ月の期間を〝ワン・クール〟と言い、私はその三ヵ月、準レギュラー出演をさせて頂いた。その他に、四名程のゲストが毎回入れ代わり出演する。地方から公開録音放送をする場合もあり、各タレントさんはマネージャーや付き人数名付添いの上、地方へと乗り込む。

所は、仙台市民ホールでの話である。この日のゲストは島倉千代子さん、瀬川瑛子さん、新沼謙治さんそして、松原のぶえさんであった。私の付き人（？）は、妻と九歳の娘だった。「長年番組を担当しているが、地方へ家族を連れて来たタレントは初めてだ」と萱谷さんに言われて「すみません」と謝ると、「イヤ、そうじゃなくて、樹水さん、微笑ましいという意味です」と言われた。どこかへ行く時は、可能な限り家族と一緒に味わいたい。それが私のポリシーである。従って、一人で出掛けるとか、家族以外との旅行は、仕事上止むを得ない限りしない主義である。

仙台駅から市民ホールまではタクシーを利用した。リハーサル中、ステージ用のエナメル靴をタクシーに置き忘れてしまった事に気付き、「さぁ、大変！」となった。タキシードを着て、ズックという訳には行かない。妻の手際の良さで、どうにか本番前に靴が戻りホッとした。生放送にはハプニングが付き物で、着物を着た松原さんが颯爽《さっそう》と登場する所で、階段に躓《つまず》いて転んでしまった。客席から、偶然持っていた湿布《しっぷ》薬をプレゼントされるという一コマもあった。楽屋で控えていた私には、爆笑だけがモニターを通して耳に入り、後で妻から聞かされた話だった。楽しいステージが終わり、帰りは夜九時を回っていた。東京に向かう新幹線は貸切り状態となり、私達は島倉さんとアイルを挟んで隣同士に坐ったが、娘のKarinaは一人で島倉さんの前に坐っていた。彼女は何くれとなく気にして下さるようで、前の席を覗き込むように見ていらした。そのうち、娘が眠ってしまったらしく、それに気付いた島倉さんは、マネージャーの方に彼の上着を掛けるようにと言った。急いで掛けて下さる姿を見て、勿論、妻は遠慮したが、結局はご好意に甘えた。〝一流の大物〟なる代名詞は、歌手であれ、何の職業であれ、人間として完成された人にだけ与えられる勲章なのだと、島倉さんを見て、そう教えられた。実は、私が生まれて初めて日本人歌手を生で聞いたのは、島倉千代子さんだった。まだニキビを気にする、サクラメント高校生時代である。サンフランシスコ・シビック・センターでコンサートが開催され、島倉さんの歌に、とにかく感動したことを覚えている。その島倉さんと同じステージに立ち、帰りを共にしているかと思うとただただ感無量であった。

ベテランといわれる方達をじっと拝見させて戴くと、実に多くを教えられる。ちょっとした質問にも、頭が下がる思いの回答が返って来る。それを聞き流すか、教えと悟るかは、各々の心掛け次第だろう。「新ラジオ歌謡」ではステージの脇に控室があり、本番前の出演者一同はこの部屋に集まる仕組みになっている。準レギュラーの私の曲はソフト・ポップスだが、番組自体は演歌を中心に構成されている。演歌界からの多彩な顔ぶれにあって、ニュー・ミュージックを専門とする私は、少々浮いた存在であった。この日は田端義夫先生がメイン・ゲストと聞き、とても楽しみにしていた。昔母が、「亡くなった剛は田端義夫が好き

島倉千代子さんと著者（仙台駅）

だった」と、口にしたのをずっと気に留めていたからだ。日常、英語しか使わなくなっていた私の脳裏に、この方の名前が熱く残っていた。娘が生まれた日、夢枕に現れ祝福をしてくれた父、想い出を築く間もなく去った父……そんな父が好んだ、田端義夫先生とステージをご一緒出来るとあって、やや興奮気味であった。夢二との出会い同様、この事も、既に生まれる前から私の人生録に予定として組み込まれたスケジュールであった気がした。

本番前は必ず一番乗りでスタンバイするよう心掛けている私は、一人控室にいた。決まりの挨拶「おはようございます」と共に、次々と控室に入る出演者とスタッフの皆さんはバラバラに坐る。そんな折り、私が待ちに待った田端先生が登場されたので、私は即立ち上がり、挨拶をした。次々と挨拶をするタレント達。リハーサルはここ、NHK本社スタジオ505で行う。各担当マネージャー達が忙しく、準備に掛かる。私はいつも単独であり、自分で衣装その他の持ち運びをこなす。聞こえは良いが、ただ単に、新人としては少々年齢がオーバー・ラン気味のこのアーティストには、マネージャーを付ける程の力が無かったからである。ラジオ番組ではあるが公開生放送なので、私の知る限り、男性歌手の皆さんもこぞってドーラン"Dohran"（舞台用の油性練り白粉《おしろい》）を塗って登場する。どうも私の性には合わなくて、化粧道具等考えたこともない。プロ意識に欠けていると捉えるべきだろうか？　いずれにせよ、自分には似合わないと思うからである。

もしかしたら混雑振りに気を遣われて、他の人達は外に控えていたのかも知れないが、意外にも田端先生の付き人は一人であった。挨拶後、先生に席をお譲りすると、「いいや、私はこのままでいいから、どうぞ坐って下さい」と仰った。「先生がお立ちになっていらっしゃるのに、私が坐るわけにはいきません」と返した。結局、先生と付き人の方、そして私だけそのまま立って時間待ちをした。ディレクターの菅谷さんが相変わらず、本番前の客席を盛り上げ、笑わせていた。先生に失礼をお断りした上で控室を出て、ステージ脇のカーテンに隠れ、菅谷さんの見事な話術を勉強させてもらおうと見入っていた。そこへ、スルスルと田端先生が歩み寄り、「貴方、名前は?」と聞かれた。「はい、樹水まさしと申します。先生、宜しくお願い致します」と改めて挨拶をした。「オース!」と言わんばかりの優しい目で、笑みを返してくれた。ぼそぼそと「……感心やねェ」と、聞こえた気がした。「いや、坐るとネ、ズボンに皺が出来るから坐らんのですわ。お客さんに失礼でっしゃろ……」。この言葉には、強烈なメガトン・パンチをあびたほど目が覚めた。そこまで考えたことは、一度もなかった。更に胸には、あの古ぼけた、先生の魂が乗り移っているかのような、又、日本の昭和歌謡史を先生と共に築いてきたギターが、大事そうに抱かれていた。「いつも、先生ご自身でギターをお持ちになるのですか?」と訊ねると、「控室はクーラー効いてるしネー、ステージのライトは熱いし、こうゆう温度の変化はギターにはあきまへんなァ。自分の体温で一定化させとるんですわ」と仰った。ベテランのゆとりと言ってしまえばそれまでだが、先生のモチベーションはステージ前からにあった。この三つの教えは、全てへの心構えに通じるもので、私は先生からの言葉を宝物としたい。

私のことを、日本人よりも日本人らしいと、褒めて下さる方が多いのは嬉しい。しかし、礼儀正しくするのは、人間当たり前のこと。却《かえ》って、感心される方が淋しさを感じてしまう。礼儀正しさが日本人のシンボルとされたのは、もう遠い過去になりつつあるのだろうか……

私の運動である、詩と音楽を通して、〝正しい日本語〟、〝やさしい心を育てる〟ためのアチーブメントは、一九八八年十月発売の「ピガリーがっこう」なる、日／英バイリンガルによるオリジナル童謡集にも見られる。三貫グループ絵師であり、子供服〝ファニー〟社長木村和臣氏や、ライブ社編集長山田堯子さんらによる、心温まる童謡制作の企画を受けた。既成の作品よりは新作で……が私の提案した企画だった。当初は、制作プロデューサーとしての依頼で参加させて戴いたのだが、思うような童謡作品に巡り逢えず、それではということで、私の詩を見て戴いた所、〝Goサイン〟が出た。妊婦に癒《いや》し系音楽を聞かせると、お腹の胎児に良い影響を与える。このことは、あらゆる医学的実験データにより証明されていた。従って、私は詩の中に〝安らぎ〟〝優しさ〟そして〝思いやり〟の心を、身近な動物や花に置き換えて伝えることを試みた。カセット・テープ付き絵本のパッケージ・セットで、中村みつえさんの愛らしい、ノスタルジックなイラストで飾られた。ライブ社は、中村さんの紹介によるものだった。お腹の胎児に、これらの楽しいメロディーと優しさを奏でる詩を聞かせて戴ければ、私達から贈るメッセージの〝種〟は、必ず、お腹の中で胎児と共に育ってくれると信じ、発表した作品でである。全日本語／英語詩は私によるもので、曲は私の作品三曲を除いては、桜京子（当時は桜メイ）によるものであった。この場合、母親としての経験を持つ彼女が、最適だと思った。女性にしか分かりようのない胎児への思いやりを、メロディーで表現してくれると信じた。〝芽〟は大切に育めば、必ず育つもの。今、自己中心型人間が街中で目立つ時代だが、辛口を言えば、若者だけを責める訳にもいかないと思う。〝自己虫《じこちゅう》〟なるテレビに見る広告は、恥ずかしい国民性を外国に宣伝しているようなものである。良い年をした年配者のモラルの無さは、アメリカ育ちの私にはとても気になる。それを見て育つ子供達は、むしろ哀れですらある。日本人の奢《おご》りは、根本的には言葉から成り立つ摩擦が多く、〝お前〟〝貴様〟〝あいつ〟〝こいつ〟等、人を見下す言葉が余りに多過ぎる。外国語にはこうした差別語は比較的少ないせいか、日本人程の奢りは見受けられない。言葉から来る〝奢り〟は、その人の態度にまで現れて出る。そっくりかえったふてぶてしい態度となって、上司から部下へ、部下からそのまた部下へと繋がって行くのであろう。英語に限って言うならば、ボキャブラリーの数が少ない分だけ、こうした言葉が引き起こす摩擦は少ない。イライラすることが少なければその分、ストレスも減少される。シェークスピア文学の「ジュリアス・シーザー」に、〝人間の最大の武器は、言葉である〟と書かれている。正しく、〝言葉〟によって、人間は殺人までも犯しかねない、恐ろしい凶器ともなる。「鋏《はさみ》と包丁は使いよう」の言われの通り、使いようによって、言葉は人間を救い、慰め、そして愛の導きもする。欧米人と日本人のおおらかさの違いは、この差別用語の、多い少ないの差にあると私は分析している。「ピガリーがっこう」は、当然、即結果が出るものではない。長いスパンで考え、一〇年、二〇年後に、優しい子供がこれを聴いて育ち、その子供が更に優しい親となり、新たな生命を継承してくれれば、私達の蒔《ま》いた〝種〟はやがて未来に向かって、必ず開花すると確信している。

東横線の急行に乗ると、日吉駅から渋谷駅までは、二〇分程だったろうか。親しくさせて戴いている日本放送出版協会（ＮＨＫ）の上野健夫氏を訪ねたのは、早春を告げる日差しが車窓に眩しくはねる、一九九五年二月二日だった。ＮＨＫ衛星放送では、全米オープンを含む、年間一四〇試合のＰＧＡゴルフ・トーナメントが中継されている。「イメージ・ソングを探しているのだが、書いて見ませんか？」と聞かれた。「ひょっとしたら、もう決定しているかも知れないが、ちょっと番組担当責任者のＣＰ（チーフ・プロデューサー）に問い合わせて見ましょう」と言って、連絡を取ってくれた。運良くその方の時間がとれて、早速上野さんと伺った。紹介戴いたのが、岩崎義信氏だった。「ほぼ内定している曲はあるが、個人的にはいまいち乗り気ではない」と話す岩崎さんは、「私は出逢いには独特の勘を持っていて、何か、樹水さんとは良い出逢いのような予感がする」と続けた。私はその言葉が嬉しくて、自分でも、この話は決まりそうだと感じるものがあった。「時間が無くて申し訳ないが、一〇日以内に作品を聞かせて欲しい」との要望だった。タイトル文字等をヒントとして、歌詞の内容を考慮するのが一般的なのでお聞きした所、「自由に書いて下さい」と言われ、却って難しい宿題となった。

しかし、帰りの電車から覗く風景に見とれていると、詩とメロディーが浮かび、そのままメモ帳に控えた。

家に着いてから、ギターを取り出し、カセット・プレーヤーを回す。これが、ニュー・ミュージック界における、最も典型的な作品作りの方法である。譜面よりもまず、感じたままを音にする。心のままに唄い出した詩とメロディーは、録《と》り終えた後《あと》、さほど手直しする所も無く纏まっていた。改めて曲を完成させてから、〝デモ・テープ〟なる、言わば試験的参考音として、ギター一本での弾き語り録音をした。翌日、岩崎さんに「出来ました」と電話を入れたところ、「エッ、本当ですか！」と驚かれたが、上野さんにも立会って戴き、その日の内に聞いて戴いた。「詩も曲もこのままで行きましょう。決定です！ やはり思った通り、いい出逢いだった」と励まされ、素晴らしい人達に巡り逢えた運の良さを噛みしめていた。数日後、「サビが少し長いので、ここからここまでをカットしては如何でしょう?」と、岩崎さんから連絡が入った。なるほど良く聞くと、指摘される通り、余分な小節があると思った。曲作りは、思い込みが強い程、このメロディーも、あのメロディーもと欲が出て、つい長くなり過ぎてしまうことがある。他人《ひと》の作品をディレクター、あるいはプロデューサーの立場で客観的に評価する時は、その善し悪しが良く見えるのに、いざ自分の曲となると、全体の流れを見失ってしまうケースもある。「さすがは岩崎さんだなあ」と感心した。助言通りに纏めると、我ながらいい曲に仕上がった。このように、頷《うなず》ける音楽理論を持つプロデューサーとは、信頼感と同時に、実に活き活きとした仕事がテンポ良く生まれるものである。タイトルは"Heroes In The Wind"「風の中の勇者」と訳すべき詩である。「時には風に泣かされ、時には救われる試合もあろう。今日の勝利の女神は我に輝くが、芝のグリーンにたたずむプレーヤーは、勝者も敗者も皆、風の中の勇者である」という内容の詩を、英語で書き下ろした。PGA協会公認の放送により、オール英語でとの要望だったのが、私には幸いしたかも知れない。ヴォーカルは小野正利さんのパワフル、かつ透明な美声で曲を表現して戴いた。三ッ橋さんに始まり、岩崎さんに至るまで、NHKの皆さんに支えられた〝樹水まさし〟なので、その期待に答えるべく、〝ステージの勇者〟にならなくてはと、意欲も出始めていた。

丁度この頃、ゴルフ界のプリンスとして人気のあったJohnny Miller（ジョニー・ミラー）氏が、偶然日光での私のディナー・ショーを聞き、声を掛けてくれた。出逢いに偶然性はないと言いながら、思わず〝偶然〟と書いてしまったが、やはり不思議ではある。ゴルフにさほど縁のある私ではないだけに、これは、PGAイメージ曲《ソング》がもたらした巡り合わせだろうか？　カリフォルニア出身のジョニーは、私の唄った「想い出のサンフランシスコ」に感動したらしい。マネージャーの方に私との写真《ツー・ショット》を撮らせ、後《のち》、サイン入りで送ってくれた。手紙のやり取りもした。「カリフォルニア産商品PRの為、TVコマーシャルに揃って出演しましょう」と書いてあったのを覚えている。

草花を育てるが如く、人々の心に詩やメロディーを持って、〝思いやり〟や〝優しさ〟の花を育てるのが夢であり続けた樹水まさしの時代は、緑の時代である。あれから既に一二年、どれだけの花が心の草原に咲いてくれただろう?

顔＝その7「竹大和」

久し振りに友人から電話があった。「マーシー、元気?」「ありゃ、珍しい、元気?」そんな、いつもの会話から始まった。「実は、貴方の歌が不思議な動きを見せている」と言う。元鎌倉市長で、良寛研究家で知られる小島寅雄先生を初め、長野県や千葉県において、愛好家が自然に増えて来ているとの報告だった。「唄っているマーシーの事を知りたい」、「生の歌声を聞きたい」と、その人達にせがまれるのだが、コンサートをやってみる気はないだろうかと聞かれた。その時点で、遡ること半世紀以上唄っているが、ライブ活動するものの、ソロ・コンサートは一度も経験がなかった。しかし、名のあるアーティストでさえ、コンサート会場を埋めつくす大変さは制作時代から見て知っていた。まして、景気低迷の今日《こんにち》ではなおさらのこと。返事に困った。「いずれにしても、貴方のファンに引き合わせをしたい」と説得され、お会いする予定を組んだ。

紹介されたのは、家内が知り尽くした街、国立にお住まいの方達であった。しかも、彼女の母校、元国立音大付属高校所在地の直ぐ側である。国本氏に紹介されるがままにお会いした人達は、皆心温かい賑やかなメンバー揃いだった。昼食後、ギター片手に「色は匂へど」等数曲を披露した。最後に、企画中の最新作、信州・戸隠に伝わる「紅葉伝説」を題材にした、「紅葉レジェンド」組曲より選んだ一曲のデモ・テープを披露した。すると、いきなり踊りだした老婦人がいた。踊りと言ってもクラシック・バレエではない、日本舞踊である。演歌界には縁のない私には、内心不安めいた間合いも生じたが、和やかな雰囲気がもたらす皆さんの心の温もりを肌で感じていた。私にラブ・コールをしてくれた、言い出しっぺ、宮本圭子（通称、アーチャン）さんの、「是非、おやりになれば良いと思いますよ」に説得され、コンサート開催を決意した。八十歳を過ぎたアーチャンのエネルギーは、若い我々に引けを取らない。それもそのはず、聞けば長年歌舞伎界で活躍なさり、十一代・市川團十郎さんの大番頭を務めた、名物おばあちゃんであった。もしも、会場がここにいる一二人足らずの観客で終わったとしても、熱心に集まって戴いたこの人達のためにも、思い切ってやるべきだと判断した。かくして竹大和ファースト・コンサートは、一九九九年九月十二日にくにたち市民芸術ホールにて開催される運びとなった。

僅かであれ、エネルギーが動き出すと、チェーン・リアクションの働きでサークル現象が起きる。当時から数えて一一年前に、一枚のレコードを出して戴いた会社ＮＥＣアベニューは、バブルの崩壊と共にレコード産業から手を引いてしまった。制作部長さんでいらした西山敦氏から、思い掛けない電話が入った。私の住まいは既に当時とは違っていたにも拘らず、よく連絡場所が分かったと感心した。面白い事に、NECを定年退職した彼の再就職先は日本大正琴協会だと言う。〝ピカッ!〟と閃《ひらめ》いた。コンサートは通常、二部形式で構成され、正味一時間三〇分の曲数なくしては成り立たない。当時出演していた、東京都新宿区にあるセンチュリー・ハイアット・ホテルにおけるラウンジやディナー・ショーでは、専《もっぱ》らジャズやスタンダード・ナンバーを唄ってきた。数あるレパートリーも、今回の企画には役に立たない。「色は匂へど」に合わせた構成を考えれば、これまで大切に作り上げてきた〝夢二の世界〟を除いてはあり得ないと確信していたが、どのように組み合わせるかが課題だった。そこへの、有り難い電話だった。夢二と言えば、大正時代。大正時代と言えば、大正琴……。「これで決まりだ!」と胸が弾んだ。漠然としていたコンサート構成が、ハッキリと見えて来た。この際、私の名前(樹水まさし)を変更すべきだと言う意見が、二度目の集会で持ち上がった。正直な所、「ウソでしょ〜う」と思った。私の過去の経歴等何一つ知らない人達(妻を除いては)の集まりなので、言いたい放題の会合となった。年配者が多いせいか、夢二に共通する、竹久晋士の名にこだわりがあるようだった。無理も無い、この人達が私の唄と出会った時の名が、竹久晋士なのだから。樹水まさしには、何の親しみも無い訳である。NHKの方々の手前もあり、又、私自身、名前を戻す考えは毛頭なかった。あちらを立てればこちらが立たずの狭間《はざま》で、私は思案し、迷った。竹久のおやじさんに名付け親を依頼した一九七五年の案の中に、〝竹久大和〟があった。

おやじさんではないが、竹久では夢二が付いて回るので、〝久〟を取り除くことにした。早速、電話にて名前を決めた事を国立の方達に報告し、安堵《あんど》した。妻のペンネームも桜京子と改め、日本の古来名「大和」を頂いた竹大和は、「国」が「立」つと書く〝国立市〟より誕生した。

さて、コンサートに先駆けての新曲作りに始まり、企画構成、演出、バンドリハーサル、ミキサー打合せ、チラシ／プログラム作成、編曲、レコーディング、そしてCD印刷の打合せと、それはもう目の回る日々の繰り返しだった。私の志した真のマルチ"Music Man"（音楽人間）を求めて歩んで来た、〝まわり道〟の真価が問われる時が来た。当然、通常の仕事との合間を調整してのスケジュールなので、編曲者の妻と二人して、睡魔との格闘であった。それにお付き合いさせられたのが、大久保辰朗君と愛川晃生君の二人である。大久保君は、グラフィック・デザイン会社ARTYの社長で、古くからの友人である。私は、通常午前一一時から夜一一時半迄仕事に追われている。そのため、大久保君には深夜〇時頃から彼の事務所に待機してもらい、明け方三時頃までコンピューターを挟んで、プログラム作成の打合せをする日々が続いた。いったい何日通ったのだろうか。その間、妻が仕上げた編曲を友人愛川君がコンピューターに打ち込みをし、カラオケ部分の音を作る訳だが、これが又、彼にとっては徹夜作業だった。一曲仕上げては、音の確認作業を私の自宅で行うのだが、その度に機材を持ち込み、そのセッティングから始まるので大変な作業量だった。好きでなければ身体がもたない。週末には、知人で家族付き合いの長い、CBSソニーの坂本通夫君に手伝いを依頼する。作業は、夕方五時頃から翌朝八時頃まで続いた日もあった。良き友の協力で、ようやく完成したのがCDアルバム"EPILOG"である。

こうして初のコンサート日を迎え、この日の朝は晴天だった。初秋の日差しが心地よく私達を包み込む木漏れ日の中、くにたち市民芸術小ホールへと向かった。ふと車中で、母が元気な内に何故コンサートを開催する努力をしなかったのだろう……そんな思いが急に頭を過《よぎ》る。ホールに着くと、菅原洋一さん、NHK出版、小椋佳さん、富司純子（旧芸名・藤純子）さん等沢山のお花が届いていたのに驚いた。強いて付け加えるならば、名前変更の事情を知らないNHKからは、樹水まさしでお花が届いていた。正午開場、午後一時の開演が目前に迫ると、これまでの長いコンサート準備に追われた疲れも、スーッと身体から抜けて行くのを感じた。

第一部「夢二の世界」は、以前ポリドール・レコードより発売したアルバム「あけくれ」と、「歌時計」の中から選曲をした。歌の背景には、曲に合わせ、夢二の絵を舞台中央にスライドで映し出す演出で幕開けした。キャパシティー三四〇席のホールは国立の皆さんのご協力で、補助席を三五も設ける大入りだった。歌い手にとって、一番気になるところである。幕開けを前に、一息深呼吸をし〝チラッ〟と覗いた満席の客席に、思わず〝ニンマリ〟とご機嫌になり、そんな心の余裕を持てた自分に、〝ホッ〟とした。前半のカラオケに代わり、後半から藤本紘靖先生と紘靖会有志のメンバー九人による大正琴、それに編曲、ピアノと指揮を担当した桜京子さん（仕事上での彼女には敬意を表して〝さん〟付けする）と、ギターの村山成生さんの演奏が加わり、変化を楽しんで戴いた。

第二部は「竹大和の世界」へと移る訳だが、地歌舞の古津侑峯《ゆうほう》さんと尺八の川村泰山《たいざん》さんをゲストに迎えての幕開けとなった。ゲストの部が終わり、私は、オリジナル曲「たそがれの街で」のイントロと共に、会場後部から唄いながらの登場となった。とかくステージ上では、思いつき行動をとる癖が私にはあるようだ。いわゆる、アドリブ・タイプである。会場後部から登場する事は、リハーサル終了後に決めた。しかも、実際にその場に立って見ての判断ではなかった。明々と照らされた会場の中でのリハーサル中、「そうだ、あの一番上の入口から唄いながら入ろう」と思いつきで決めた。ところが、この〝くにたち芸術小ホール〟の客席通路は、通常のホールより傾斜角度が大きかったようだ。古代ローマのコロシアムを連想して頂くと、このホールの形が見えてくる。そう、客席から舞台を見下ろす設計になっている。舞台下から見上げる分には何とも思わなかったが、いざ本番で上から下を見るのとでは大違いであった。しかも、会場は当然の如

国立での初のソロコンサートで歌う著者

く、真っ暗だった。暗闇の中でのその傾斜は、まるで60度にも感じた。颯爽《さっそう》と出るはずが、一瞬足がぐらついた。足元が見えないのである。〝格好良く決めなくては〟と一丁前に思うものだから、階段を探りながら降りる訳にも行かない。笑みを浮かべながらの登場も、かなり引きつった、無理な笑顔がピンスポットで映し出されていたのではなかったろうか。階段を降りながら気付いたことは、これ程身近に観客を肌で感じるものだったのかと、内心驚いていた。当たり前である、観客の真っ只中にいるのだから。その内、馴染みの顔がチラ付いて来るに従って、ニッコリと余裕を見せるが……実は、全て精一杯の冷や汗もの。その冷や汗状態にも拘らず、友人のユリッペ（愛称）が目に入った時、止せばいいのに、ウインクまじりのスマイルを演じ、歌詞を忘れてしまった。瞬《まばた》き程の一瞬ではあるが、頭が空白になり、とても長く感じられるエア・ポケットだった。だが、ここで止まらないのが竹大和。とっさに作詩をしながら唄い終えた。

最近のテレビ歌番組では、画面下に歌詞のスーパー（文字）が表示されるが、歌手には有り難迷惑であろう。それはともかくとして、そんなドギマギ気分の登場で始まった第二部ではあったが、ステージに上がると、闇での階段探りから開放され、明るいステージに辿り着いた安心感からか、グッと落ち着きが出た。「思いつきにはもう懲りた」と言いたい所だが、相も変わらず、ステージでは毎回のように〝思いつき〟の連発をやっている。司会の石山勝巳さんは、日本テレビ「ルックルック」リポーターやフジテレビ「ひらけポンキッキ」で、初代ムックの声をつとめた俳優である。一〇年振りの再会も、まるで昨日まで一緒に仕事をしていたかのような気のする知人である。

第二部も丁度中間に当たる頃、母に捧げる曲《うた》として書いた、「母しぐれ」の紹介へと進んだ。スライド・フィルムを用いて母の写真がステージ一杯にかもし出されると、会場にざわめきが起きた。息子の私から見ても、花の如く麗人《れいじん》である。石山さんとのやり取りの途中、私は母の事を想い出していた。「他界した母は、神界にて、四九年振りに父との再会を果たしたであろうか?」、「二人して、今このステージを見ていてくれるだろうか?」等々を……。「風樹《ふうじゅ》の嘆《たん》」なる諺通り、親孝行をしたいと思う時には親はなし、をこの年で実感した。母は私の生の唄を聞くことは一度もなかった。母の最期や葬儀を見届けられなかった、愛別離苦《あいべつりく》も重なり、唄う前、胸に溢れ出るものがあった。振り返れば、私と母は、波瀾万丈の人生の中で一緒に過ごした歳月はたったの一〇年足らずだった。「ところで、お母さんはどんな女性《ひと》だった?」と石山さんが聞くので、「桃の花のような可愛い女性《ひと》だった」と答えた。そうすると「エッ! 顔中毛だらけ!?」とのリアクションに、会場中大爆笑となった。お蔭で、涙せずに「母しぐれ」を唄うことが出来た。

リズミカルな曲「カリフォルニア・ウーマン」は、意外と年配の方達にも評判が良く、ラスト・ソングに起用した。アンコールにお応えして、「色は匂へど」を会場全員と共に合唱した。当初、不安ではあった客席の参加も、私の心配をよそに、歌は会場一杯に谺《こだま》した。幾つかの失敗はあったものの、桜京子さんに助けられながら、無事終わりを迎えることが出来た。最後は、花束贈呈にて竹久みなみさん（竹久夢二先生の孫娘）、草野智恵子さん（草野心平先生の孫娘）等多数の方々から心のこもった花束を戴き、コンサートの成功を確信した。打ち上げパーティーが済み、帰りの車に疲れを引きずるように乗り込んだ頃は既に夜の一一時を回っていた。窓越しに入る初秋の澄んだ空気は、一段と満天の星を映し出していた。

左から、桜京子、竹久都子さん、著者、竹久みなみさん（初コンサートで）

XX　急がばまわれ

胸の勲章

まるで小さなmolecules（分子）結合体のように、同じ波長を持つエネルギーが私の周りで広がり始めた。ある日、突然、我が家の郵便ボックスに、〝菊のご紋〟がきらびやかに輝く封書が舞い込んだ。余りに艶やかなので、ハデな宣伝チラシ案内かと思った。開封すると、〝国際芸術文化賞授与内定の件〟と題した通知で、日本文化振興会より郵送されたものだった。その一部を紹介すると、次ぎのような内容であった。

拝啓、時下益々御清祥の事とお慶び申し上げます。さて、当会は別紙同封資料のとおり、本年で30年の歴史を有し、海外16ケ所の支部をもつ、国際学術芸術文化交流団体で現在は、我国で最も古く由緒ある、元皇族伏見博明殿下が総裁をおつとめいただいております。

当会は、年間を通じ国内外で様々な活動を行っております。その一つが東京都美術館での30回の歴史をもつ、国際公募美術展です。その他音楽活動等。

その一環として、年2回、それぞれの専門分野を通じて文化の進行に寄与されて、功績の顕著な方を、数ヵ月間におよび審査と選考により数多くの同種、同業の方々より、前期お一人、後期お一人の先生に標記の賞を授与する事にいたしております。

その結果、本年度は先生に授与する事に内定いたしました。誠におめでとうございます。

（授与内定の書より）

これまでの受賞者紹介リストに、日本画家・小倉遊亀（文化功労者）、彫刻・北村西望（文化勲章受賞者）、写真家・並河萬里《ばんり》（紫綬褒章）、陶芸・藤原雄（人間国宝）、歌舞伎・中村鴈治郎（人間国宝）、宗教・亀山弘応（高野山真言宗管長）ら先生方のお名前を拝見し、何かの間違いではと連絡を入れて見た。応対下さったのは総局長鬼塚修二氏で、ともかく中央区銀座にある総本部へおもむき、妻と共に話を聞くことにした。聞けば、30年間に亙る竹久夢二研究並び、音楽を通じ、美しい日本語を世界に広める運動への評価であるらしい。特に、作品「ピガリーがっこう」に熱い関心を頂いた。バイリンガルによるマーケティング競争は、各社において企画販売される中、〝売らんがために非ず〟、のこの制作内容に心打たれた様子だった。私が書き提出した、セーシェル国王への撮影許可嘆願に因り、セーシェルが観光化された実態や、弘法大師作

〝いろは歌〟「色は匂へど」を通しての、日本語見直し運動に至るまで、驚く程私の実績をご存じだった。こうしてお話を聞くまでは、自分なりの頑固哲学を貫く私としては、他のご立派な受賞者の方々とは余りにも不釣り合いと判断し、ご辞退する気持ちが60％以上あった。私なりに、他の先生方に対する敬意の表現の意味であった。しかし、「今世紀最後の受賞者は、若く、これから永くその世界をリードして行くに相応しい人を」と、殿下よりご注文のお言葉があった話を鬼塚氏は熱弁された。「その審査の結果、竹大和先生に授与させて頂く事にしました」との説明は、良い意味での、芝居で言う〝殺し文句〟だった。そこまでお調べの上での授与ならばと、有り難く戴く決心をした。

ともあれ、夢想だにしなかった授賞式は、私のわがままと勝手をお許し戴き、妻の誕生日でもある十月七日を願い出た。ささやかな妻への誕生プレゼントのつもりであった。明治記念館での伏見博明殿下を迎えての受賞者懇親会では、自らの希望として、「色は匂へど」を殿下の前で歌わせて戴いた。天皇陛下より厚いご信頼を受けておられる殿下は、室町時代に創設された皇族の歴史において最も古い、崇光天皇第一皇子の栄仁親王を祖とする宮家であられる。現天皇家のご本家にあたられるご関係であられる。そのようなお方より戴いた賞状と勲章は、私の人生に計り知れない自信を与えたことは、牢固たる現実である。その反面、国際芸術文化賞授与は、途轍もなく重大な責任となり、私の両肩へズシッと伸し掛かるのを感じざるを得なかった。音楽部門からの受賞者は私で二人目だそうだが、最初受賞されたのは、クラシック指揮者・佐藤菊夫氏で、私のように歌手、あるいはシンガー・ソング・ライターとしては、初めての受賞であった。最年少であると共に、20世紀最後の受賞者になれたことは、私にとって一番意味深く、価値ある名誉であり、誇りに思っている。常に遠回りをして来た私だが、胸に輝く勲章は、その結果がもたらした栄光である。「急がばまわれ」……昔の人は実に良い言葉を残したものだ。

黄金時代

二〇〇〇年"Millennium Year"（千年祭）は「黄金、又は理想時代」とも呼ばれ、この記念すべき年は、世で言う「先生」の肩書を戴いての新たなる出発なので、音楽活動三五年間の集大成

国際学術芸術文化交流団体総本部にて

としてのイベントに取り組んだ。

二〇〇〇年春のスペシャル・コンサートとして、四月九日東京厚生年金会館大ホールにて、「夢二詩《うた》絵巻」を企画した。"Music Man"（音楽男《にんげん》）として、私が求めるアイディアリズムに共感を抱いてくれそうな方達に協力を呼びかけてみた。まず、特別ゲストとしての菅原洋一さんは、絶対外すことの出来ない人であった。先輩歌手として、とても尊敬している人だから。司会者には杉紀彦さんを希望した。杉さんは、私がＮＨＫ「新ラジオ歌謡」にて「カリフォルニア・ウーマン」並びに「トワイライトCity」で、三ヵ月間レギュラー出演した番組の、脚本を長年お書きになっている先生である。作詞家、ラジオ・パーソナリティー、そして放送作家としてご多忙だ。人気ラジオ番組、杉紀彦の「ラジオ村」は一〇年間も続いていて、ラジオ・ファンのご年配者にとっては、かけがえのないお休み前の楽しみであるようだ。たくさんのヒット作品を書かれているが、私個人としては、石原裕次郎歌唱「昭和たずねびと」の詞が特に好みである。作詞家とは、私もそうであるように、時にはボキャブラリーのジグソーパズル・ゲームを楽しみ、又、詞を書く時の一人芝居に酔いしれたりもするが、これこそ杉マジックの逸品である。

ここで、とっておきのコンサート話をしよう。会場の舞台裏では出演者一同リハーサルを終え、それぞれ衣装準備のため楽屋へと落ちついた。私はギターの方と、「船頭小唄」のイントロについて綿密な打合せをしていた。そこへ、まだ着替え前の菅原さんが入って来た。数えきれない程のコンサートをこなした、ベテランの余裕がうかがえる。口をモグモグさせながら、片手に食べかけのケーキ、もう一方の手にはケーキボックスを持っている。「マーシー、食べない?」と言うので、「戴きます」と答え、飛びついた。ギタ―リストも、私同様、甘い物には目がない様子だった。空になったところで、自分の楽屋へ戻られた菅原さんが、再び入って来た。今度は、和菓子を手にしている。後輩である私が差し入れをするのが当然なのに……それにしても、良く食べる先輩である。

着替え中だが勧めて下さるので、和菓子を手にしたまでは良かったが、大変な事に気が付いた。タキシード用のカマーベルトが見当たらないので、思わず、「あらーっ!」と発した。「どうしたの?」と菅原さんが尋ねるので、ベルトのことを話すと、「何色?」と聞かれ、「紺系統です」と答えた。すると、自分のカマーベルトを兼用すれば良いと言ってくれた。とは言うものの、その日の衣装は何色が用意されているのか、菅原さん本人も分からない。確認をとるため、二人で菅原さんの楽屋へと向かった。そこには、既に着替えを済ませた杉さんがいらした。説明を受けたマネージャーが衣装を確認した所、菅原さんも同色のカマーベルトと判明し、お借りする事になった。いくらか頭の中で不安が過ったのは、サイズであった。背丈は同じ位であっても、ウエストのサイズが……。数年前に体調を崩され、多少スリムになられた菅原さんではあるが、それでもまだ、と言った感じだった。菅原さんに手伝うよう命じられたマネージャーさんが、私の後ろに廻ってベルトを付けてくれた。それを見ていた菅原さんが、ニコニコしながら、「あれ、マーシーにピッタシと言う事は同じサイズなんだ！」と喜んだ。マネージャーさんが即、「いや、僕の腕が挟まっているんです……ほら」と言って、回して見せた。確かに彼の腕が、私の背中とカマーベルトの間に挟まっているのを感じた。「あっそう……」と、ポツンと言った菅原さんのガッカリした顔は、目上の方に失礼ではあるが、とても可愛く思えた。側で見ていた杉さんの笑い顔も、とても純粋で印象深かった。そんな舞台裏での笑いとハプニングから始まったコンサート中に、菅原さんは客席に向かって、「竹大和さんを私達は昔から〝マーシー〟の愛称で呼んでいます。マーシーは、私が英語の歌をレコーディングする時の先生です」とおっしゃって下さり、指導させて戴いた数有る曲の中から、「慕情」を、予告やリハーサル無しで唄い出した。司会者の杉さんとしては、フォローに慌てたかも知れないが、私への思いやりであった。そういうお人柄が、菅原さんである。引き続き、杉さんの郷愁を誘うナレーションに乗せて、夢二作品より「ふるさと」を唄われた菅原さんの歌に、会場の空気は、望郷にひたる茜色に染まった。良き先輩を持てたことは、竹大和にと

菅原洋一さんと著者

って最高の財産だと思っている。

日本大正琴協会より、各会派の先生方を初め、総勢六四名にのぼる華やかな大演奏が繰り広げられ、さながら大正ムード一色に溢れる演出であった。桜京子さんによるアレンジ、指揮、ピアノも加わり、菅原さんと共に、夢二作詩による歌曲を唄い綴ると、舞台スクリーンには夢二美人画スライドが華麗に映し出され、観客を「歌絵巻」の世界へとより一層誘《いざな》う。21世紀へと引き継ぐ日本文化の一つとして、私の夢二ライフ・ワークは、次なる一〇〇年祭への一歩へと輪《まわり》はじめた。青雲の志を轍に籠めて……

EPILOG（エピローグ）

母から手渡された一枚の写真。モノクロームに写《み》る、夢二の夢……。若く、美しい母の瞳も又、輝いていたに違いない。しかし、褪せたセピア色に見る〝時の流れ〟は、浮き沈みしながら激流の如く過ぎ去った二人の時間を物語っている。夢二は流離いの中で捜し求めた夢を見つけ、母は母なりに、人生の満足感に微笑んだ頃もあったのだろう。振り返ればほんの一時《ひととき》ではあるが、私の親父として、その愛情を分けて下さったおやじさん。その想い出も、瞼の奥で少しづつ、セピア色へと変わる日も来るのだろう。だがそれは、未来の光が燦々と私にふりそそぐ証でもある。歳月人を待たずの如く、更には、セピア色でさえ石竹色《せきちくいろ》に薄らいで行くであろう。こうした記憶《おもいで》を、まだまだ色濃く残る20世紀色《しょく》で、私の〝人生録〟として描き残せた事に、またご協力くださった未知谷、並びに代表の飯島徹さんを初めスタッフの皆様へ、心から感謝したい。

縁あって、夫婦として、一つの屋根の下で共に人生を分かち合う妻には、これまでも、これからも、多少の苦労は掛けるであろう。それぞれ、違う環境に育った枝ではあるが、連理の枝となり、一つの花を咲かせ育てた。その花は、美しい娘へと育ち自分の生涯の止まり木と巡り逢い、契りを交わした。私達夫婦が咲かせた花は、新しい枝を伸ばしながら、たくさん、色取り取りの花々を咲かせてくれるだろう。私の家族愛としての心掛けは、万言《まんげん》の約束よりも、一日一度の微笑みを交わせる〝家庭空間《やすらぎ》〟を築くことである。

黎明期

竹大和が二一世紀に目指し志す音楽は、決して新しいサウンドではない。この新世紀は"Millenium Golden Age"（黄金時代）の幕開けと共に、新しい文化が生まれ来る黎明期《れいめいき》であり、輝かしい次世代への始まりである。心に響く〝やすらぎ〟は、自然の中から生まれ来るものだろう。やがては、宇宙未来都市に人類は夢を託す時代が来るであろうが、地球人である限り、母なる地球の鼓動である風の音、川の音、山の音、海の音、大地の音達が奏でる響《うた》に心のやすらぎを求めるであろう。しかるに、竹大和は、現代社会の中で人間が忘れかけている大地の響を尋ねて、音楽の旅を続ける。その先の「光」を求めて。

雨風に涙する　人生の坂道も
心は晴れて麗らかな　この出逢いがある
微笑み交わすだけで　世界に愛はやどる
言葉や肌の色こえて　この出逢いがある
　愛は形で求めるよりも　心でわかち合えれば
回る地球の光は灯《とも》り　世界を照らせる　そうさ
何より強く希望に満ちた　無限にわきでる力
それは人類《みんな》の愛の温もり　地球の未来だ
輝く光の中　この星に降り注ぐ
　総ての生命《いのち》まもるため　この出逢いがある
宇宙の庭の中で　一番美しい
〝地球〟と言う花咲かせ　光赫《かがや》こう

「ありがとう」と「愛」の字は　どの国の言葉でも
すばらしい響のメロディー　平和のハーモニー
ありがとう　Thank you, Dank schön
Merci beaucoup, Gracias, 謝謝、
Amour, Amore, I love you, Te lubesc
愛をありがとう

ありがとう愛してる　ありがとう愛してる
ありがとう　愛しています　愛をありがとう
ありがとう愛してる　ありがとう愛してる
ありがとう　愛しています　愛をありがとう

竹大和／詞・曲「光」より

2000年頃

跋　轍によせて

カリフォルニアから来日した、日系三世の従兄、信畑匡志と初めて会ったのは、私が東京芸大彫刻科を目指した二浪目の春、東京でのことだった。

一九六六年当時、ベトナム戦争（一九六〇〜七五）で疲弊しきったアメリカの若者達が、既存の制度や習慣や押し付けられた価値観等を拒否して、長髪や独自のファッションを以て脱社会的な行動を取り、『ドナドナ』や『花はどこへ行った』等の反戦歌が世界的流行歌となり、日本国内では日米安全保障条約締結に反対する学生達が学生運動の先頭に立ち、そのデモ隊を阻止する機動隊との衝突で、多くの犠牲者を出していた頃である。

その様な世界的に若者達が既成の社会に対峙して闘った時代ではあったが、当の私は『美の奉仕者でありたいと願う若者たちよ！』と呼びかけるロダンの言葉に誘発されて、身の丈に合わぬ彫刻家を目指し、信畑匡志は、竹大和、樹水まさし、竹久晋士としてのそれぞれの顔を以て活躍後の『国際芸術文化賞』受賞に繋がる、そして、弛まぬ挑戦と努力を強いられる、栄誉への第一歩を踏み出していた。しかしその兆しさえ感じ取る余裕もなく、数ヵ月後に、私はモスクワ留学への道を選んで旅立ち、匡志はそのままカリフォルニアへの帰途には着かずに『轍』に記された日々へと旅立って行った……。

そして父同士が無二の兄弟と言う従兄妹同士でありながら、私たちはそのまま五三年間という、半世紀を超える長い歳月を、お互いの消息すら確認できぬまま、離れ離れに生き続けていた。

私たちの父方の祖父、信畑廣太郎（一八七五～一九三七）は、日露戦争（一九〇四～〇五）終戦の翌年一九〇六年に初回の渡米記録を残している。文献に依ると、『当時日露戦争で勝戦した日本は成功ブームの最中にあり、明治三〇年（一八七七）代半ばから、様々なアメリカの流行と結びつく形で、更なる渡米熱が高まっていたが、この当時の渡米は非常に困難であった。それは高額な渡航費にも増して、政府の厳しい規制制限策が加えられていたからであり、明治三五年に呼び寄せ渡航が認められ、明治三六～三八年には主に学術目的のみの渡航条件が一部緩和されたとはいえ、原則上は、明治三三年以降出稼ぎ目的の渡米（いわゆる移民）が禁止されていたからである。政府にとって渡米目的の対象者は、とりわけ日露戦争後は、欧米各国による日本人排斥運動・黄禍論をひきおこしていた為、武士の家系で、優秀かつ相当の資産を有することを条件とした。アメリカとの協調外交に障害を及ぼす類の恥晒しや厄介者取り締まり強化で、旅券下付条件は、学業目的でも原則として中学卒業以上、また当時の一万円以上の資産がある者のみとされた（『明治後半期の渡米熱――アメリカの流行』立川健治著）。

この様な厳しい渡米条件下にある只中、その後も祖父は何度かの渡航記録を残し、第一次世界大戦終戦（一九一四～一八）の翌年一九一九年八月の渡米時には、当時十七歳であった私の父隆満と、十四歳であった匡志の父、剛兄弟二人を、修学目的のビザ申請で呼び寄せている。その後、隆満はシアトルのカレッジでモールス無線通信を学び、剛はカリフォルニアの大学で法律を学んだ。その後の貴重な記録が『轍』である。

ただし、このようなファミリー・ヒストリーは、匡志と私が出会った当時は霧の中に包まれたままであり、幼い頃の私の想い出には何一つ、剛叔父が辿った過酷な運命に繋がる徴はなかった。寛ぐ晩酌の折、決まって父はシアトルからタコマまで、弟の剛とオートバイを飛ばしたと、長いマフラーを靡かせ、ゴーグルを頭に載せたプロ・レーサー顔負けの二人の写真を、自慢げに娘達に見せてくれていたが、その最愛の弟のその後は、決して語ることがなかった。

深い事情は知らされぬまま、幼い頃、匡志の母花子叔母が送って下さる、カリフォルニアからの小包は、正にお伽の世界からのキラキラとした魔法の玉手箱であり、その中から目にしたこともない、素敵な品々を取り出してくれる父の膝に座り込んだり、肩や背中にとまったりしながら、息を呑んでワクワクと覗き込んでいた、まるでディズニーのファンタジーの世界のような光景の一齣は、今も色褪せることはない。素敵な香りの石鹸や、愛らしい小花が散りばめられた、ふわふわと柔らかなフランネルの反物や、箱のデザインだけで満足しそうなキャンディや、チョコレートや、ちょっと首を傾げてしまうチーズの包みや、コーヒーやココアやと……。

その贈り主が、激動の時代を生き、残酷な運命に晒された末、再びカリフォルニアの地に単独で戻り、素地のキャンバス色の人生を歩み始めざるを得なかった、女性《ひと》であったとは……。そして幼い私にとっては、カリフォルニアの眩い光の中に舞う、三羽のアゲハ蝶のようだった従兄たちが、家族との別れの悲しみを幾度も経ていたなどとは、まさかの空想にも至らなかった。

それから少し成長して、そのうちのアゲハ蝶一羽と出会った直後に、こともあろうに彼の父剛叔父の命を奪ったソ連兵の祖国へと私は旅立ち、その後レフ・トルストイの子孫との出会いから『トルストイ家の箱舟』（群像社）を上梓するという皮肉な運命を辿ることになる……。

今この世界中を襲った未曾有のコロナ禍の最中に、自著『ぽけぽけむし』（未知谷）のモデルとなった娘の弓子が、長く離れ離れに、但しそれぞれの地でまるで双子のような人生を生きて来た従兄、匡志の存在を探し出してくれ、彼が関わって来た数々の素晴らしい音楽界での業績に目を瞠り、また美しい日本語を世界に広める運動の一環として『ピガリーがっこう』に成果を収めた竹大和が生きた轍そのものは、今、彼の素晴らしい歌声と歌唱力に慰められる私たち従兄弟、従姉妹とその家族にとって、何よりの誇りであり歓びである。そしてまた、彼を支え続けて編曲やピアノ伴奏、更には夢二の詩『柿』の作曲にも才能を煌めかせた、和子夫人にも、賞賛と感謝とを伝えたい。

生涯、なよとしていたかに見えた竹久夢二の靭さを、夢二の愛息である『不二彦オヤジさん』という存在に、匡志自身がこよなく愛されたが故に、その厚い信頼を得て託された、尊い真実の側面として、これもまた私たちは、後世への貴重な夢二の記録として心に刻み、歴史を振り返る時の『轍』にしたいと思う。そして、画家としての側面から詩人としての夢二を私たちの前に差し出してくれ、全作品夢二によるアルバムの『歌時計』を企画し、作曲家としても参加している、レコーディング・ディレクターとしての竹大和の業績にも、最大の敬意を表したい。更にまた、組曲『紅葉レジェンド……恋紅葉』等の数々の優れた創作活動や、膨大な数に昇る作詞作曲、訳詞など、また彼自身が歌う各種言語に至るレパートリーの広さには、ただ唖然とさせられるばかりである。

日系三世が帰国した時の偏見や困難に耐えざるを得なかった、当時の匡志の孤独や躊躇に思いを馳せるにつけ、傍で支えてあげられなかった悔恨や哀しみに襲われるが、今こうして幸いにも『轍』の校正に携わることができ、その素晴らしい構成や、表現力や、語彙や知識の豊富さに感嘆する時を共有できたことは、従妹として何にも勝る誇りであり幸せである。

『轍』の冒頭 Overture の末文にある『第六感とは先祖様《ほとけさま》の導きである』という著者の言葉を、校正を終えた今、しみじみと味わっている。

永遠の魂、生命とは、後世に残された者たちの心や想い出に、永遠に生き続ける、ということであろう。

雛祭りの三月三日は、奇しくも剛叔父の生誕日であり、花子叔母の命日であることを、匡志との新たな出会い後初めて知らされた。今年の雛祭りの日、小さな雛段の前に花子叔母の写真を飾り、叔母が好きだったと言うベビーローズを捧げて、剛叔父の傍には白薔薇を飾り、二人の凄絶な人生への鎮魂の祈りを捧げることができたのは、この困難な時代の最中、大きな慰めである。

様々な業界、そして出版界も含めて大変な状況下にある最中、快く『轍』出版を承諾して下さった、未知谷出版社代表、飯島徹氏に、心からの感謝の意をお伝えしたい。

二〇二一年四月　シンガポールにて

作家、翻訳家　ふみ子デイヴィス

轍《わだち》

二〇二一年九月 一 日印刷
二〇二一年九月十六日発行

著者 竹大和

発行者 飯島徹
発行所 未知谷
東京都千代田区神田猿楽町二 - 五 - 九
〒一〇一 - 〇〇六四
Tel.03-5281-3751 / Fax.03-5281-3752
[振替] 00130-4-653627
組版 柏木薫
印刷 ディグ
製本 牧製本

Printed in Japan
Publisher Michitani Co. Ltd., Tokyo
ISBN978-4-89642-646-5 C0095